KB275094

잇츠
IT'S MY LIFE
마이라이프

잇츠 마이 라이프 **11**

초판 1쇄 인쇄일 2022년 09월 08일 | **초판 1쇄 발행일** 2022년 09월 16일

지은이 초촌 | **펴낸이** 곽동현 | **담당편집 팀장** 이범수
편집부 정요한 조혜진

펴낸곳 (주)조은세상 | **출판등록** 제2002-23호
주소 서울특별시 동작구 동작대로1길 27 5층
TEL 02)587-2966 | FAX 02)587-2922
E-mail bukdu@comics21c.co.kr

초촌ⓒ2022
ISBN 979-11-391-1021-0 | ISBN 979-11-391-0352-6(set)
값 8,000원

※잘못 만들어진 책은 구입처에서 바꿔드립니다.
※저자와의 협의에 의해 인지는 생략합니다.

11

북두
(주)좋은세상

초촌 현대판타지 장편소설

잇츠
IT'S MY LIFE
마이라이프

초촌 현대판타지 장편소설
MODOERN FANTASY STORY

CONTENTS

초촌 현대판타지 장편소설
MODOERN FANTASY STORY

Chapter 80

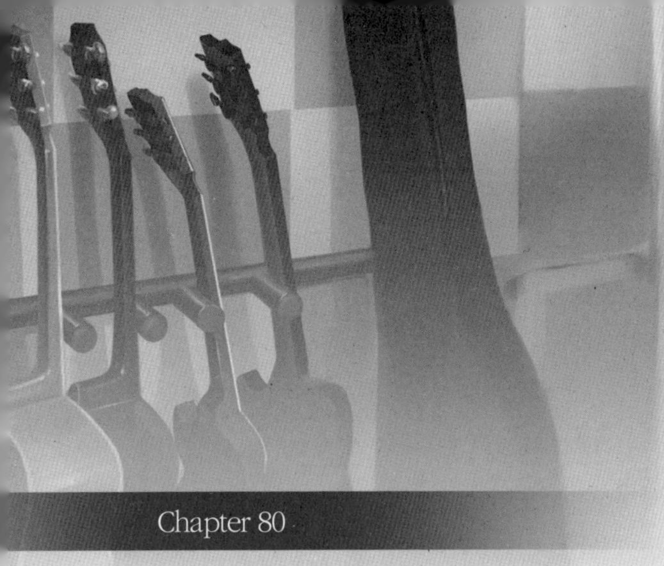

　12월 1일 영국의 레이컬 텔레콤 즉 내년에 보더폰 그룹이 될 통신 회사에서 무선 통신의 유럽 첫 상용화에 성공했다는 소식이 들려왔다.

　본역사에서처럼 핀란드가 아니었고 대상도 핀란드 총리가 아니라 영국 엘리자베스 2세 여왕이 아들 찰스 왕세자에게 전화를 건 것이 첫 통화로 기록되었다.

　우리에겐 좋은 일이다.

　복기-1이 본격적으로 날아오르게 된 뜻깊은 날이니.

　겹경사도 터졌다.

　간만 보던 3M과 요리용 입마개 에티켓의 독점 생산권을 계약했다.

그리고 또 오늘 정복기가 내 앞에 앉아 있었다.

"저번에 말씀해 주신 DSSS 기술 말입니다. 그게 아주 요물이더군요."

"그……런가요?"

"물리적으로 더 이상 분할할 수 없는 지점까지만 수용 가능한 FDMA/TDMA와 다르게 접속자 수가 몰리면 그냥 음질을 낮춰서 전송되는 정보량을 줄여 버리는 체계더라고요. 어지간해서는 빽날 일이 없었습니다."

"……."

"일단 송출되는 주파수를 죄다 받아 버리니까 Diversity(포괄) 측면에서도 품질이 상당히 우수하고요. 그래서 더 페이딩에 강하더군요. 산악 지형이든 뭐든 구분할 필요가 없고요. 지하 일정 이상 깊이에서의 통화는 여전히 안 되지만 그건 무선 통신의 한계상 어쩔 수 없는 부분이고요."

"……."

"이동 중 기지국을 바꿀 때도 인접 기지국에서 통신 정보를 동시에 송출하면 문제없고요. 아 참, 기지국 간 유연하게 접속할 수 있는 기술은 따로 보완했습니다. 이전처럼 통화 중 잠시 멈추거나 버벅대는 건 거의 없을 거라 봅니다."

"……."

"얼마나 놀랍습니까? 담보 중이던 기술이 DSSS 하나만으로 이렇게 올라왔어요. 이대로 테스트만 제대로 통과한다면 내년 초면 완성될 것 같습니다. 대단하지 않습니까?”

“…….”

“계속 아무 말씀이 없으시네요.”

말이 필요 없었으니까.

기가 막혀서 조용히 있을 수밖에 없었다.

나는 그저 목마른 사슴에게 DSSS란 50년 지난 기술을 전해 줬을 뿐.

그 가능성을 현실로 구현해 버렸다.

유럽이고 미국이고 똑똑하다고 자부하는 인간들이 죄다 매달려도 몇 년 후에나 나올 기술이 저 인간 손에만 거치면 뚝딱뚝딱 잘도 나온다.

이게 한국인의 종특인 건지, 아님 정복기가 이레귤러인 건지.

나는 대답 대신 어떤 기술의 원리가 적힌 특허권을 그 앞에 내놨다.

“이건 뭔가요?”

“먼저 보세요.”

천천히 살펴보던 정복기는 오히려 나를 기가 차다는 듯 쳐다봤다.

“설마…… 또 만들라는 겁니까?”

“아니요.”

“예?”

"공동 개발이요. ETRI랑."

"아! 그거요?"

"보름 전인가? 정홍식 대표님이 5백만 달러에 사 온 기술이에요. 오필승 테크의 작은 먹거리 중 하나죠."

이것도 얘기가 길었다.

DSL의 원천 기술을 사러 간 정홍식에게 벨코어 연구소는 대뜸 상위의 ADSL 기술을 내놓았다.

사려면 같이 사라고.

벨코어 연구소 입장에선 DSL 원천 기술을 팔면 ADSL은 사용할 수 없으니 당연히 끼워 팔아야 했고 정홍식 입장에서는 갑자기 돈이 더 드는 일이니 협상에 난항을 겪었다고.

ADSL에 대해 잠시 설명하자면,

ADSL 기술이란 Asymmetric Digital Subscriber Line 비대칭 디지털 가입자 회선을 말한다.

더 쉽게 말해 일반 전화선을 사용하여 고속으로 데이터 통신을 할 수 있는 기술.

업로드, 다운로드 같은 것들 말이다.

여기에서 중요한 게 '비대칭'이란 개념인데.

일반 전화선 데이터 총량이 10이라고 친다면 업로드, 다운로드에 할당되는 용량은 보통 5:5에 수렴하기 마련.

그러나 ADSL은 애초 VOD 서비스를 위해 개발한 기술답게 다운로드 쪽에 힘을 주는 방식이었다. 최대 9까지 다운로드에 할당하여 그 속도를 비약적으로 높인 것.

사용자 입장에서는 다운로드 속도가 결국 품질일 테니.

"5백만 달러나 된다고요? 이게요?"

"그렇죠."

"원리도 획기적이고 논리도 맞습니다만…… 지금은 사용 불가능이지 않습니까?"

반론도 옳다.

"맞아요. 통신망 까는 것부터 개인용 컴퓨터의 기능도 문제고 기반 자체가 이 기술을 활용하기에 무리가 있죠."

"그런데 왜?"

"잊으셨어요? 언제 우리가 오늘만 보고 살았던가요? 제 시선은 늘 먼 곳에 있잖아요."

"그럼……!"

"ETRI랑 얘기해 보세요. 30% 준다 그러고. 싫다면 우리가 다 먹고요. 좋다면 따로 회사를 세워 상용화 연구에 들어가세요. 몇 년만 지나면 기반은 금세 올라오니까요. 그때 빛을 보겠죠."

"그렇습니까?"

"빨리빨리. 우리 한국 사람은 느린 건 못 참아요. 이 서비스가 있다는 소식이 알려지면 반드시 찾아올 거예요. 그때 우린 더 큰 것을 바라보고 있겠죠."

"으음, 알겠습니다. 안 그래도 데이터 이동에 관심이 많은 연구원이 있는데 한번 의논해 볼게요."

"좋아요. 고생해 주세요."

"알겠습니다."

정복기가 나가자마자 홍주명을 불렀다.

30분 정도 지나자 홍주명이 조형남과 함께 들어왔다.

"잘 계셨습니꺼. 총괄님."

조형남의 너스레와 함께 시작된 회의는 내 생각보다 아주 길어졌다.

"예? 오필승 그룹이 들어갈 부지가 필요하다고요?"

"예."

"아아, 벌써 그럴 때가 온 거로군요. 맞습니다. 오필승 빌딩 하나로는 감당이 안 되는 때가 오긴 했습니다."

"오필승 테크도 그렇고 엔터테인먼트도 그렇고 건설도 그렇고 슬슬 외형을 갖출 때가 됐죠. 건너편 1천 평으로는 안 될 것 같고…… 다른 지역으로 옮겨 보는 건 어떨까요?"

"다른 지역이라면……?"

"상암입니다."

"상암이라면…… 쓰레기 매립지 근처 아닙니까?"

홍주명이 자기도 모르게 미간을 찌푸렸다.

맞다.

예전 상암 땅은 쓰레기 매립지 근처로 서울 사람도 웬만하면 들어가지 않는 땅이었다.

"그러니까 인근 땅이 싸겠죠."

"그렇긴 하지만…… 괜찮겠습니까?"

난지도라는 섬이 있었다.

나중엔 월드컵 공원으로 조성되며 환골탈태하지만, 서울 시민들을 위한 캠핑 장소로도 활용되지만.

지금은 고작 100m짜리 쓰레기 산이 두 개나 솟아오른…… 서울시로서도 감당이 안 되는 취약지라.

하고 많은 땅 중에서도 하필 이곳으로 오필승이 들어간다니 저항은 당연했다. 땅이 없는 것도 아니고 여태 초일류를 강조한 오필승 식구들에게 갑자기 최하층으로 가자는 것은 누구도 납득하기 어려울 것이다. 여름철이면 숨도 쉴 수 없는 악취가 지배하는 곳이니.

하지만 난지도는 1993년에 폐쇄된다.

그때부터는 전혀 다른 양상으로 바뀌니 침 바르려면 지금이 적기였다.

"조금 떨어진 곳부터 땅을 매입해 주세요. 바로 들어가겠다는 얘기가 아니니까요."

"땅을 미리 잡겠다는 것은 알겠습니다. 그 땅들이야 주변에 비해선 1/3 가격도 안 되고 서로 팔고자 하는 판이니 구하는 건 어렵지 않습니다. 근데 정말 괜찮겠습니까?"

"괜찮아요."

"흐음, 그럼 규모는 어느 정도로 가 볼까요?"

"5만 평 이상 필요하지 않겠어요?"

"5만 평이나요? 오필승 시티라도 건설하시려는 겁니까?"

"뭐 비슷해요."

"대략……은 알겠습니다. 찾아보죠. 우선 큰 덩어리부터 잡고 그것에 맞춰 진행하겠습니다."

쿨하게 고개를 끄덕이는 홍주명을 보는데.

번뜩하고 어떤 질문이 떠올랐다.

과연 이대로 괜찮나. 네 성에 차겠냐?

"잠깐만요. 상암 지역 지도를 볼 수 있을까요?"

말이 끝나기가 무섭게 조형만이 품에서 서울시 지도를 꺼내 펼쳤다.

얼마나 펼쳤다 접었는지 다 헤져서 테이프로 겨우 땜질해 놓은 지도였다.

지도가 너무 더럽다 여겼는지 머리를 긁적이는 조형만에게 칭찬해 줬다.

"휘유~ 열심히 살았다는 증거네요. 이 정도 노력이면 서울대도 합격하겠는데요."

"하하하하, 맞습니다. 이제 웬만한 건 조 실장에게 맡겨도 충분합니다. 제 노하우를 스펀지처럼 흡수해 갔거든요."

"아입니더. 아직 한참 더 배워야 합니더."

더욱 쭈그러든다.

홍주명의 눈썹이 기이하게 구부러졌다.

"어! 왜 갑자기 겸손인가? 요새 들어 전부를 총괄해 보겠다고. 한번 맡겨 달라고 의욕에 넘치지 않았나?"

"예?"

"아이고, 대표님. 총괄님 앞입니더. 그만하이소."

어쭈.

"하하하하하, 총괄님, 요새 조 실장이 매봉산 일대 오필승 거주촌을 본인 손으로 만들어 보겠다고 난리입니다."

"그래요?"

"아니, 그게……."

"가온보다 더 잘 만들겠다며 여기저기 들쑤시고 다닙니다. 부지를 벌써 1만 평 맞췄는데도 부족하다고요."

쳐다봐 주니.

"그게……. 한 5천 평만 더 있으면 멋진 곳을 만들 수 있을 것 같아서예. 믿어 주이소."

"그래요?"

안 될 건 없겠지.

"그럼 두 분이서 잘 상의해서 만들어 보세요. 다만 최종은 저와 만나서 정하셔야 합니다."

"물론이지예. 총괄님이 사실 곳인데, 총괄님 마음에 들어야지예."

"알겠어요. 그럼 이제 지도 좀 볼까요?"

다시 시선이 지도에 모였다.

난지도 쓰레기 산 있는 곳을 두 군데 제외하니 일대는 거의 평야. 이곳에 월드컵 공원에 월드컵 경기장도 지어지고 수많은 방송사와 기업, 아파트들이 들어선다.

'디지털미디어시티던가?'

연필로 살살 그려 봤다.

'쓰레기 산 두 개가 통째로 공원으로 조성되고 이 길로 조금만 올라가면 상암 월드컵 경기장이 나오고…….'

위쪽 구역 전부가 디지털미디어시티 부지였다.

'그 중심은 여기.'

연필로 동그라미를 그렸다.

"보세요."

"예."

"예."

"여기 성산대교 위쪽으로 불광천이 흐르죠?"

"예."

"전 이 위쪽 지역에 도시가 하나 더 들어서도 괜찮다 보고 있어요. 어떠세요?"

"이 위로요? 여긴 저개발 부락촌, 연탄 공장, 유휴지입니다."

"딱 좋잖아요. 이곳을 공략하죠."

상암 4단지와 상암 중학교, 기타 방송국, 상암 국민학교를 두르는 부지 전체를 찍었다.

홍주명의 눈이 절로 커졌다.

"이렇게나 많이요?"

"이래 봤자 5만 평 정도밖에 되지 않아 보이는데요."

"아……."

실수를 깨달았는지 금세 수긍하는 홍주명이었다.

그러나 아직 안 끝났다.

연필로 상암 매봉산과 근린공원까지 포함하는 원을 더 그렸다.

"여기까지 우리 오필승 그룹의 부지로 만들고 싶네요."

"으음, 그러면 25만 평이 가뿐히 넘어갑니다."

뜨끔.

일을 너무 크게 벌였나?

"다 소화 못 할까요?"

"그건 아닙니다. 땅이야 가지고 있으면 언젠가 쓸 때가 오니까요."

"다행이네요."

"그나저나 많긴 하네요. 서울시에서만 25만 평이 넘는 부지라니."

"……."

"일단은 이 정도로 보시고 계시다는 거죠?"

"예."

"조 실장."

"예."

"지금까지 충남 연기군에서 얼마나 확보했지?"

"20만 평 조금 더 됩니더."

들었냐며 나를 쳐다보는 홍주명이었다.

"비쌌나?"

"아입니더. 1천 원도 안 되는 땅이 수두룩해서 비용은 얼마 안 들었습니더. 제가 휘저은 바람에 평균 3천 원까진 오르긴 했지만."

이만큼이나 있는데 더 필요하냐는 표정이었다.

그나저나 충남 연기군에 20만 평이라.

언제 이만큼 모았지?

"전 1백만 평이라도 부족할 것 같은데요. 조 실장님은 더 움직여 주세요."

"예?!"

"1백만 평 생각해 주시고요. 아 참, 경부선 따라 오산, 평택까지 보서서 창고 부지도 잡아 주세요. 몇만 평 대단위로 들어갈 부지로만요."

"창고요?"

"필요할 날이 올 거예요."

서로 쳐다보는 두 사람이었다.

물론 그게 저항의 의미는 아니었다.

자기들이 모르는 뭔가가 있느냐는 것.

"아직은 없어요. 하지만 우리나라 유통업이 언제까지 중구난방으로 움직일까요? 곧 전혀 다른 차원으로 움직일 날이 올 거예요. 그때 비싼 값으로 팔아먹는 거죠.”

“그렇다면 어쨌든 서울에 가까울수록 유리하겠네에.”

“그렇죠. 멀수록 땅값이 싸긴 하지만 유통 비용이 늘어나니까요.”

“알겠습니다. 이도 조 실장이랑 잘 상의해서 대책을 꾸리겠습니다.”

“대책까지 가야 해요?”

“그렇죠. 상암까지 못해도 1백만 평을 확보해야 하는 프로젝트 아닙니까? 저희도 중구난방으로 덤벼선 안 되겠죠. 오필승 건설 전사적인 회의에 돌입해야 할 것 같습니다.”

“아아…….”

몰랐다는 나의 탄식에.

홍주명은 갑자기 자기도 그렇다는 듯 고개를 끄덕이더니 다시 절레 저었다.

“그렇군요. 바로 이것 때문이로군요. 우리 직원들이 말하는 잘나가는 상사의 곤란한 점이요.”

“……?”

무슨 말인가 했다.

“뒷일은 생각지도 않고 일부터 시킨다는 겁니다. 지난번 회식하는데 1년 막 지난 신입이 술김에 이런 말을 해 줬습니다. 땅도 건물도 구입하는 것부터 수익 관리, 유지, 감가상각 등 모든 것에 계획과 예산이 필요하고 소요되는 일인데 너무 막

시킨다고요. 돈 있다고 시키면 땅과 건물이 거저 굴러떨어지
냐고요. 제가 여태 그렇게 일을 시켰다고요."

"……!"

"그 말이 지금 참 와닿습니다. 반성해야겠어요. 당하고 나
니 우리 신입의 심정을 알 것 같네요. 여태 쾌씸하게 봤는데
다 저의 교만이었습니다. 헌데 이거 어떡합니까? 오늘 또 막
시키게 생겼으니. 여러모로 직원들 얼굴을 볼 수가 없습니
다. 허허허허허."

"……."

이거 돌려 까기인가.

또 금세 인정할 수밖에 없었다.

여태 누구를 시키기나 했지 직접 마무리 지은 적은 없었으
니까.

음반은 김연이 다 하고 해외 일은 정홍식이 다 하고 기술은
정복기가 다 한다. 법? 이학주가 다하고 그룹 관리? 도종민,
정은희가 다 한다. 통일 독일에서 난리 치는 파워스도 강신오
가 다 한다.

물론 어리다는 측면이 있었으나 성공을 빌미로 너무 시켜
먹은 게 아닌지 걱정되었다.

그 기미를 눈치챘는지 홍주명은 다시 손사래를 쳤다.

"아이고, 그냥 드린 말씀입니다. 원래 리더는 비전과 성공,
보상을 보여 주는 사람이지 않습니까. 우리가 비록 관리, 유

지를 잘한다지만 총괄님 같은 혜안은 없습니다. 제가 괜히 반항한 겁니다. 우리 신입 입장이 되어서요. 아이고, 우리 마음 여린 총괄님. 고마운 총괄님. 한낱 늙은이의 투정도 이리 받아 주시네요. 저는 그것만도 충분히 만족합니다. 그러니 부디 상처받지 마세요. 다 제가 못난 탓입니다.”

“……근데 정말 제가 막 시킨 건가요?”

“아닙니다. 아닙니다. 총괄님이 한 일 중 실패가 어딨습니까? 아무런 성과도 없고 혹여나 실패했다면 막 시킨 게 되겠지만 다 성공했잖습니까. 결국 우리가 총괄님의 눈을 따라가지 못한다는 것밖에 없지요.”

“하지만 그럴수록 서로의 입장을 이해해야 하는 거잖아요.”

“그렇긴 합니다만, 언제 다 설득하고 중지를 모으고 그럽니까. 사안이 바쁘면 밀어붙일 때도 있는 것이지요. 그러니 절대 신경 쓰실 필요 없습니다. 제가 괜한 말씀을 드려서…….”

쩔쩔맨다.

초반이야 나도 살짝 흔들리긴 했지만 홍주명의 변명 한 방에 정상으로 복귀했다.

그렇게 바로 끝내려고 했으나.

조형만과 눈이 마주쳤다. 씨익 웃는다.

알아챈 모양.

그래서 한 번 더 갔다.

“전 홍 대표님이 그렇게 생각하시는 줄 몰랐어요. 다 제 불찰이에요. 알았어요. 앞으로 조심할게요."

"아닙니다. 아닙니다. 그냥 아무 때나 불러서 일을 시켜 주십시오. 총괄님 일을 하는 건 저에게 기쁨입니다. 제가 괜한 얘기를 꺼내서……."

"쿠쿠쿡."

조형만이 못 참고 웃었다.

홍주명은 얼굴이 시뻘게져 화를 내려 했다.

"조 실장, 지금 웃는 거야?"

"아이, 대표님. 총괄님 얼굴 좀 보시소. 끝난 지 오랩니더."

"엉?"

나와 조형만을 번갈아 쳐다보는 홍주명이었다.

조형만은 그런 홍주명에게 쐐기를 박았다.

"그러게 왜 반항하십니꺼. 본전도 못 찾을 거면서. 총괄님이 어디 보통 사람이라예? 우리가 두세 수 내다볼 때 수십 수는 앞서는 분이신데."

"아……."

당했다는 걸 깨달았는지 허망한 표정이 나왔다.

나도 얼른 일어섰다. 더 있다간 역전당할 것이다.

"그럼 마무리된 거로 알고 갈게요. 제가 좀 바쁜 일이 있어서."

"총괄님! 총괄님!"

뒤에서 애타게 불렀지만 이미 떠나 버린 버스다.

부르릉부르릉.

시커먼 매연을 뿜어내며 도망가며 다사다난했던 1990년을 보냈다.

뭔가 큰일을 한 것 같은데. 돌아보니 또 1년이 훅이라.

아깝기도 하고 시원하기도 하고.

그런 나에게 1991년이 들어 가장 먼저 결재판을 던진 이가 도종민과 정은희였다.

직원들 급여 상승분에 대한 결재였다.

"으음, 지나 버린 1990년에 대한 환송도 없이 일부터 시작하시는군요."

괜히 한마디 던졌다가.

"아니죠. 벌써 작년에 받아 놨어야 할 결재입니다. 총괄님이 연말 내내 도망 다니셔서 이제야 겨우 받게 된 겁니다."

"도망은…… 아니고요."

"도망이 아니라고요?"

도종민이 눈을 치켜뜬다.

아이고야. 얼른 시선을 결재판으로 돌렸다.

"이거 얘기된 대로 된 거죠?"

"……살펴보십시오."

사원 1,400, 대리 1,800, 과장 2,200, 차장 2,800, 부장 3,500, 이사 5,500.

어마어마했다.

1983년 처음 시작했을 때의 급여 체계가 얼마였더라?

사원 250, 대리 275, 과장 300, 차장 400, 부장(실장) 500,
이사 1,000.

평균 6.3배나 올랐다.

"월급 줄 돈은 충분한가요?"

"그걸 이제야 물으시네요."

"저는 그냥……."

"그러게 최종 보고 때도 자리를 비우시고 그러십니까?"

도종민의 눈짓에 기다렸다는 듯 정은희가 다른 결재판을
펼쳐서 내놓는다.

거기엔 1990년 하반기 매출과 비용, 영업 이익, 순이익이
고스란히 적혀 있었다.

눈이 어지러워 페이트만 봤다.

1,280만 장 판매. 약 9천만 달러 매출.

Under the Sea에 대한 디즈니 정산분도 들어왔고.

생각보다 많아 자세히 들여다봤더니 4집이 캐리했다.

"4집이 500만이나 나갔네요. 별일이네요."

"영화 세 개가 다 히트 쳤지 않습니까? 그에 대한 정산도
내년 말이면 들어올 겁니다."

"아아, 람바다, 사랑과 영혼, 귀여운 여인."

"너무 무신경하시군요. 요새 정복기 대표랑만 어울리시더
니 기술자로 보직 변경하시려 하십니까?"

으응? 아까부터 계속 갈구네.

도종민이 왜 이럴까?

내가 작년 말, 겨울 방학도 한 겸 연락도 없이 한태국이랑 조금 놀다 오긴 했는데 그게 그렇게 잘못인가?

"그저께 홍주명 대표께서 오셔서 대뜸 돈 내놓으라더군요. 땅을 1백만 평이나 사야 한다고요. 총괄님 특별 지시라면서요."

"아……."

이것 때문이구나.

"그게…… 지금 아니면 어려운 것들이 있어서 미리 선조치 했어요. 말씀드리려 했는데……."

"그러니까요. 어째서 연말 동안 도망 다니신 겁니까?"

"……."

변명의 여지가 없었다.

큰일이 있었던 것도 아니고 단지 놀러 다닌 거니까.

이럴 땐 납작 엎드리는 게 상책.

"죄송해요. 앞으로 안 그럴게요."

"총괄님."

"예."

"총괄님은 이제 홀몸이 아닙니다. 오필승의 150 직원의 머리이시며 아버지와 같으신 분이십니다. 행보 정도는 저나 정 과장이 꿰고 있어야 하지 않겠습니까?"

"……예, 맞아요."

"김연 실장이나 홍주명 대표님이나 정복기 대표나 이학주

고문께서 찾으시는데 한마디도 할 수 없었습니다. 이 도종민이가요."

"······잘못했습니다."

"물론 백 팀장을 수소문해 계속 추적하긴 했는데. 이건 아니지 않겠습니까?"

"예, 도 실장님의 말씀이 전부 옳아요."

1991년의 시작은 이렇게 깨지고부터였다. 젠장.

잠시의 일탈이 이렇게 돌아올 줄은 몰랐지만 도종민의 입장을 알기에 이해하였고 순순히 수긍했다.

놀러 간 행위 자체를 문제 삼는 것도 아니고 그건 곧 다른 말로 어디 간다 말만 해 두면 무엇을 해도 괜찮다는 뜻이기도 했으니까.

재밌는 건 이 지구상에 나 같은 처지인 사람이 또 한 명 있다는 것이었다.

사담 후세인.

도종민 같은 미국의 눈에 벗어나 쿠웨이트를 먹고 버텼건만 1월 16일 최후통첩 시간이 지나며 몰려드는 다국적군에게 다구리를 맞느라 바빴다.

딴에는 반항한다고 이스라엘을 향해 스커드 미사일도 발사하고 난리를 피우나 소용없었다.

나처럼 납작 엎드리면 쿠웨이트의 일부라도 얻고 무사할 텐데.

"왜 저렇게 어리석을까요? 설사 대의명분이 있더라도 세계가 작당하고 덤비면 물러서야죠."

"그렇습니까? 자존심이 상하더라도 그게 덜 다치는 길이긴 하겠군요."

김연이랑 1월 스케줄 정리하고 있다가 TV 뉴스를 보고 나온 말이었다.

걸프전이 선포됐다고.

TV에서 난데없이 F-16A, F-15E, F-15C 같은 전투기의 성능이 소개되며 토마호크 미사일에, B-52 폭격기 능력에, 미군 제3기갑사단으로 불리는 전차 800대가 진군하는 걸 보여 주었다.

저 지랄하는데 무슨 수로 이길까.

결국 세계 수위권을 자랑한다던 방공망도 삽시간에 무력화되고 이라크 군인 수만 명이 학살당했다.

"독고다이잖아요. 예전처럼 소련이 견제해 주는 상황도 아니고."

"그렇죠……."

"쿠웨이트를 점령하며 힘을 자랑했다면 유전 지대 정도는 탐욕에 눈이 벌게진 미국이랑 서방 세계 국가들에 던져 주고 다른 실리를 찾았어야죠. 혼자 다 먹으려 하니 체하잖아요."

"예? 그게 무슨 말씀이십니까? 다국적군에 다른 목적이라도 있다는 말씀이십니까?"

시대가 확실히 다르긴 했다.

우리 때라면 세계 어디선가 전쟁이 일어나고 미국이 참전하는 순간 저곳에 무슨 먹거리가 있길래 저러나 먼저 살폈을 텐데.

이 시대는 아직 정의가 살아 있다고 믿는 사람들이 많았다.

"있죠."

"있다고요? 쿠웨이트의 수복이 아니라요?"

"물론 그것도 있죠. 쿠웨이트가 살아 있어야 유전 지대에 대한 영향력을 지속적으로 끼칠 수 있으니까요."

"유전 지대라면……!"

"석유요. 모르셨어요?"

"저는…… 잘 모르겠습니다."

혼란스러운 표정이었다.

"그렇다면 하나만 물어볼게요. 우리 세계에 정의가 살아 있다는 전제를 두고 생각해 볼게요. 정의가 살아 있다면 이 세상에서 가장 먼저 평화를 찾아야 할 땅이 어딜까요?"

"……"

"그냥 편하게 답해 보세요. 정답은 없으니까."

"……이쪽으로는 생각해 보지 않아서. 그러고 보니 세계 곳곳 전쟁이 없는 곳이 없네요."

분쟁이 없는 곳이 없다.

"그러니까요. 세계 어디든 똑같이 전쟁이 나고 똑같이 땅을 빼앗고 싸우고들 하는데 유독 쿠웨이트만 인간적으로 싸고도는 이유가 뭘까요?"

"그게 유전 때문이라는 겁니까?"

"적어도 정의는 아니라는 거죠. 군을 움직이는 건 경제 논리예요. 그렇지 않다면 저 다국적군은 아프리카부터 평정했어야 옳았어요."

"아……."

"걸프전이 끝나면 알게 모르게 군수 산업 쪽이 요동칠 거예요. 미국은 이 무대를 또 하나의 시장으로 삼을 테고 걸프전을 지켜본…… 주변이 불안한 국가들은 그런 미국에 콜을 보내겠죠. 그 무기 얼마면 되겠냐고."

"그 정도입니까?"

"순수는 이미 없어요. 불안한 정국으로 친다면 그 선두에 우리나라가 있을 거고요. 일본도 뒤처지지 않게 사들이겠죠. 저기 쿠웨이트는 어떻게 될까요?"

"그야……!"

"그렇죠. 나라를 되찾은 보상 차원에서라도 유전을 내놔야 하겠죠. 다국적군의 수뇌들은 신나서 지분을 쪼개 자기 나라 유전 회사에 던지겠죠. 사업권을 얻은 유전 회사는 그에 걸맞게 리베이트를 뿌리고요."

"허어……."

입을 떡.

"이게 저들이 우리 세계에서 수십 년 공고히 쌓아 온 질서예요. 이라크는 그 질서를 무시했고요."

"……더럽군요."

"맞아요. 우리나라만큼은 그런 말을 할 자격이 있죠."

"욕하는 것도 자격이 있는 겁니까?"

"그럼요. 지금 세계를 좌지우지하는 최정상들의 면모를 보세요. 미국, 영국, 프랑스, 독일, 스페인, 이탈리아, 일본 등등. 얘들은 하나같이 식민지 수탈을 통해 엄청난 부를 축적한 국가들이에요. 지금도 그 논리로 복속했던 국가의 정치를 불안케 조장하고 있고요. 원죄가 너무나 크죠. 가끔 아프리카 꼴을 보고 있노라면 우리가 일본으로부터 독립한 건 정말로 천운이었다는 걸 깨닫게 된다니까요."

"그런데도…… 총괄님은 눈 하나 꿈쩍 안 하시는군요."

이런 국가들과 친하게 지내는 게 역겹지 않냐는 것이다.

"이것도 비유가 필요하겠네요."

"……."

"더럽고 치사하고 역겨워도 어떻게 하겠어요? 조선이 당시 세계 최강 대국인 명나라를 곁에 두고 어떤 정책을 취해야 했을까요? 그런 명을 깨부순 청나라를 두고 어떻게 움직여야 했을까요? 왜국에 뜻하지 않은 일격을 맞긴 했지만 500년을 살아남은 이유가 있잖아요. 오필승도 똑같아요. 살아남으려면, 예전처럼 'give me chocolate' 하지 않으려면 우리는 끊임없이 주변을 살피고 분쟁을 피해야 해요."

"하지만 너무도 억울하지 않습니까? 안팎으로 몰리는 건

더는 그만하고 싶습니다.”

아마도 이게 공통된 생각일 것이다.

나부터도 그러니까.

“맞아요. 하지만 그걸 해결할 방법은 오로지 국력밖에 없어요.”

“국력이라고요?”

“저 서방의 국가들에게 인식시켜 주는 거죠. 이 대한민국이야말로 너희들과 어깨를 나란히 할 파트너다.”

“어떻게요? 우린 부족하고 저들은 오만하기 그지없는 나라들입니다. 오필승이 비록 성공 가도를 달리고 있다고는 하나 저들은 너무 강합니다.”

“할 수 있어요. 7년 전, 우리가 이만큼 클지 알았던 사람이 있었을까요? 대한민국도 그래요. 앞으로 20년만 지나면 저 일본을 누르고 더 높이 날 거예요. 저들이 먼저 손을 내밀 수밖에 없게요. 극동 아시아의 파트너로서요.”

“…….”

무슨 말인지 못 알아듣는 김연이었다.

도대체 어떻게 한다는 건지.

정말 그게 가능하다는 건지.

온통 의구심에 휩싸여 있었다.

나도 그런 그를 상대로 일장 연설을 펼치긴 싫었다.

무에 어쩌고저쩌고.

그래서 이러쿵저러쿵.

지금 말하면 뭐 할까? 결국 결과가 중요할 텐데.

아직 우리나라는 패배주의에 젖어 있었다. 유럽의 선진국과 만나면 주눅 들기 바빴다. '우린 안 돼'라는 근본도 없는 자기 비하가 만연하였고 '한국놈들은 뿌리부터 글렀어'라는 망조적인 말들이 서슴없이 돌아다녔다.

나도 지금의 시선으로야 이 말들의 시작이 어디부터인지가 짐작된다지만, 그때는 나도 그런 줄로만 알고 있었고 그런 말을 뿌린 놈들을 동경했다.

아직 갈 길이 멀었다.

한국인이 한국인으로서 자부심을 가지려면 10년은 더 지나야 했으니.

화제를 돌렸다.

"머리 아픈 얘기 그만하고 스케줄이나 살필까요?"

"아…… 예. 아아~ 제가 너무 진지했습니다. 일하는 도중이었는데요."

"당연히 진지해야죠. 우리나라 우리 민족 얘기기도 한데요. 다만 너무 부정적으로만 보지 말아 주세요. 저는 아주 희망적이라 보고 있거든요. 저를 믿는다면 말이죠. 저 같은 사람이 늘어날수록 우리 민족은 더없이 높은 곳으로 오를 자격이 있으니까요."

"아아, 정말 그랬으면 좋겠습니다. 저도 가슴을 쭉 펴고 세계인들과 상대하고 싶습니다. 예, 제가 너무 쭈그러들었습니다. 그럼 바로 스케줄에 대해 브리핑해 드리겠습니다."

작년 말 발매한 신승후 1집이 예상대로 쭉쭉 솟아오르는 것부터 신해천, 015V, 김정주 등이 2월이면 발매할 거라는…… 김연으로서는 중요하지만, 세계사적으로는 큰 비중이 없는 얘기가 흘러나왔다.

그리고 이달 28일에 LA의 슈라인 오디토리엄에서 아메리칸 뮤직 어워드가 열리고(2006년까지 아메리칸 뮤직 어워드는 슈라인 오디토리엄이 붙박이다) 2월 20일에 뉴욕 라디오 시티 뮤직홀에서 그래미 어워드가 열린다는 것까지 연이어 나왔다.

"날짜가 애매합니다. 왔다 갔다 지난해처럼 무척 힘든 일정이 될 것 같습니다."

초청장은 작년 말에 왔다.

솔직히 말해 아메리칸 뮤직 어워드는 참석하기 싫었지만 받아먹은 게 있으니 꼭 가야 한다.

"귀찮은데. 아예 체류하는 방법으로는 안 될까요?"

"아! 미국에서 지내시겠다는 말씀이시죠?"

"예, 한국에 큰일이 없는 한 왔다 갔다는 여러모로 소모인 것 같은데. 아예 미국에 있는 게 나을 것 같아서요."

"저도 그편이 괜찮을 것 같습니다."

"그럼 그렇게 하는 거로 갈게요. 실장님은 그래미 때 오세요."

"그렇게 하겠습니다."

"다 끝났나요?"

"아! 미리 말씀드릴 게 있습니다. 스케줄이 애매해서."

"뭔가요?"

"일전에 박미견이랑 대화를 나누다가 스티비 원더 노래를 끝내주게 부르는 친구가 있다는 얘기를 들었습니다. 존경하는 가수 얘기하다가 나왔는데요. 바로 데려오라 했더니 잠시 여행 갔다고 하더라고요."

"저랑 일정이 안 맞을 수도 있다는 거네요."

"예, 제가 먼저 만나 보겠습니다. 박미견이가 워낙 자신 있어 하여 꽤 괜찮은 친구 같은데. 별문제 없다면 계약하겠습니다."

"알겠어요. 그러면 그래미 때 봬요."

1월 25일쯤 되어 슝~ 미국으로 날아갔다.

두 할머니가 걱정하였지만 20일도 안 되는 기간 동안 미국을 왔다 갔다 하는 것도 좋은 꼴이 아닌 터라 쉽게 허락을 받았다.

"여깁니다!"

미리 LA의 공항에서 대기 중이던 정홍식은 나를 보자마자 이산가족 상봉한 것마냥 반가워했다.

부둥켜안는데…….

가슴이 어째 좀 찌릿했다.

물씬 느껴지는 외로움. 전형적인 비즈니스맨의 깔끔하고 세련된 모습이나 그에게서 감출 수 없는 고독이 느껴졌다.

이번에 들어갈 때만큼은 꼭 같이 가야겠다는 다짐을 해 본다.

"여행은 어떠셨습니까?"

"미국 여권이 대단하던데요. 단박에 패스더라고요. 아! 제가 페이트인 걸 알아본 직원들도 있고요."

미국에 올 때마다 거슬리는 게 몇 가지 있었다.

공항 직원들 눈빛이 워낙 엿 같다는 것.

여행자를 무슨 범죄자나 하층민 쳐다보듯 깔아 보는데.

지들은 얼마나 잘났는지……. 가끔가다 스튜디어스도 개차반인 경우가 많았다. 뭐라도 한마디 할 성싶으면 당장에 달려들어 연행, 개지랄을 떨어 댈 기세여서 똥을 피하듯 피해 왔는데 이번만큼은 달랐다.

날 보는 눈빛이 달랐다.

미국인이구나. 미국인이었어? 어! 페이트잖아.

심상의 흐름이 그대로 느껴질 정도로 표정이 바뀌고 시선도 또한 부드러웠다.

"총괄님도 그런 걸 느끼셨습니까? 저도 사실 그렇습니다. 미국이고 유럽이고 동양인 무시하는 건 답이 없더군요."

"저보다 많이 다니셨으니 더 짜증 나셨겠네요."

"때로는 초청장을 보여 줘도 안 믿는 경우가 있었습니다. 실실 티 안 나게 비웃고요. 못 알아듣는 줄 알고 모욕도 하고요. 그럴 때마다 더럽고 치사해서 우리나라를 더 발전시켜야겠다는 다짐을 하곤 하죠."

"맞아요. 한국의 위상을 높이는 수밖에 없겠죠. 식민지 피빨아서 세운 문명 따위에 져선 안 되겠죠."

"맞습니다. 아 참, 강신오 사장이 안부 전해 달랍니다. 이번에 통일 독일이 되며 도이체 텔레콤과 협의할 게 있어 잠시 들렀는데요. 거기도 정신이 없더라고요."

강신오. 파워스.

"잘 팔리죠?"

"5톤짜리 트럭이 쉴 새 없이 들락날락합니다."

"기분 좋았어요?"

"째졌습니다. 강신오 사장은 파워스로 유럽을 제패 중이고 우리는 곧 복기-1으로 유럽을 아니, 세계를 꽉 잡을 테니까요."

"저도 언제 한번 독일에 가긴 해야 하는데……."

"무척 고대하고 있습니다. 그리고 거긴 이제 완전한 도시가 되었습니다. 안 그래도 독일 정부가 J&K시티로 격상시킬 준비를 하고 있다고 합니다."

"멋지네요. 한국도 오필승 시티를 기획 중이긴 한데."

"그렇습니까?"

"이제 덩치가 커져 여의도로는 답이 없더라고요. 저쪽 상암 쪽으로 자리를 잡아 달라 부탁했어요. 홍 대표님께."

"상암이요? 상암이라면…… 난지도 아닙니까?"

아는 모양이다.

"그렇죠. 그 땅을 보는데 앞으로 들어설 것이 참 많겠다는 예감이 들었죠."

"그렇습니까? 그 쓰레기 천지인 땅에요?"

못 믿겠다는 표정이다. 이러면 또 우린 쉽게 못 간다.

"믿기지 않으시면 내기하실래요?"

"내기요?"

"으음, 진 사람이 이긴 사람 소원 하나 들어주기로요. 물론 상식적인 선에서요."

"그 상식이 서로 비슷하다는 보장이 없지 않겠습니까?"

"보편적으로요."

"으음……."

"쫄리면 반대 안 하시는 거로 칠게요."

"하죠. 기간은요?"

"얼마로 할까요? 전 최소 10년은 잡고 있는데."

"10년을 놀리겠다는 말씀이십니까?"

"대신 싸잖아요."

"10년은 너무 깁니다."

"그럼 98년까지로 합의하죠."

"8년이군요."

"변화상은 2~3년 후부터 시작될 거예요."

"그렇게나 확신하십니까? 혹시 다른 정보가 있는 건 아닙니까?"

"전혀요. 서울에 그 정도로 싼 땅이 없으니까 확률이 높겠죠."

"알겠습니다. 그럼 3년으로 잡고 그 땅에 다른 정책적인 변화가 없다면 제가 이기는 거로 하지요."

"승패를 떠나 우리가 들어갈 땅이니 잘 좀 지켜봐 주세요."

"마음을 굳히셨군요. 이러면 내기를 걸긴 했다지만, 무조건 총괄님이 이기셨으면 좋겠습니다. 전 냄새나는 곳에 들어가고 싶지 않으니까요."

"물론이죠. 제가 그렇게 놔둘 리 없잖아요."

"이런이런이런. 제가 또 당한 건가요?"

피식피식 웃는 것이 그새 반가움이 많이 해소된 모양이었다.

나도 안심됐다.

내기도 사실 이것을 위한 여흥에 불과했다. 정홍식에 대한 배려.

한시도 빠짐없이 함께 어울려 다녔다. LA 시내를 쏘다녔고 라스베이거스도 가 봤고 할리우드 관광도 하고 좋은 것도 먹고 한인타운도 구경 가고.

아메리칸 뮤직 어워드도 같이 들어갔다.

1년에 한 번 열리는 축제답게 무척 화려하고 다양한 프로그램으로 사람들을 즐겁게 했다. 출연하는 면면들도 작년이랑은 또 달랐고 나도 상을 타긴 했는데 이쯤 되니까 영광도 거의 눈에 들어오지 않았다. 주니까 받고 받았으니 소감을 밝혔다. 대신 정홍식과 함께 파티를 즐기길 원했고 다른 것도 역시 마찬가지였다.

그렇게 슈라인 오디토리엄의 열기가 가실 즈음 우린 시애

틀로 날아갔고 빌 게이트와 마주하였다.

"어서 와. 아메리칸 뮤직 어워드는 잘 끝났어?"

"덕분에요. 빌은 어때요?"

"나? 나야 순항 중이지. 작년 5월에 출시한 윈도우 3.0 반응이 좋아."

"잘됐네요."

고개를 끄덕이는데 빌 게이트가 가까이 다가왔다.

"그래서 말인데 지분 일부라도 되팔 생각 없어?"

으응? 대뜸 이렇게?

너무 노골적이라 농담인지 진담인지 헷갈렸다.

"자금이 잘 도나 보네요."

"그렇지. 돈이 돌고 나니 팔았던 지분 생각이 간절해지더라고."

진짜인가?

"당분간은 재투자나 하세요. 배당 안 해도 좋으니."

"그래? 정말 그래도 돼?"

"전 회사가 더 크길 원하는 사람이에요. 제 수중에 돈이 없는 것도 아니고."

"돈이 그렇게 많아?"

"이 회사를 통째로 사도 되겠죠. 파실 생각 있어요?"

"허어…… 지분 팔라고 했더니 회사를 팔라고 하네."

"그만큼 욕심난다는 거죠. 파실 생각 없죠?"

“그렇지.”

“그럼 끝난 얘기네요.”

“흐음, 그래도 아깝군. 이번 기회에 5%만 더 회수하면 좋았을걸.”

확실히 특이한 사람이었다.

지분 얘기는 가족끼리도 어려운 법인데.

‘자신감의 발로인지, 아님 다른 수가 있다는 건지…… 방심할 수 없게 만드네.’

윈도우가 3.0까지 왔다.

마이크로소프트사로서는 이제 겨우 허들을 넘긴 것.

물론 윈도우 3.0만도 다른 컴퓨터 소프트웨어 회사가 덤비지 못할 독보적 우위를 잡긴 하겠지만, 개인적으로는 이 업계에 완벽한 선을 긋게 된 건 윈도우 95부터라고 생각했다.

‘재밌네.’

예전, 중학교 시절 페르시아 왕자나 고스톱을 치며 윈도우 3.0을 접해 본 적 있었다. 16bit 체제에서 시간 가는 줄 모르고 놀았던 기억이 있는데.

그럼에도 본격적으로 컴퓨터와 연이 닿은 건 윈도우 95부터였고 그래서인지 윈도우 95가 더 친숙하고 기다려졌다.

이런 마당에 지분을 팔라니.

양아치도 아니고.

Chapter 81

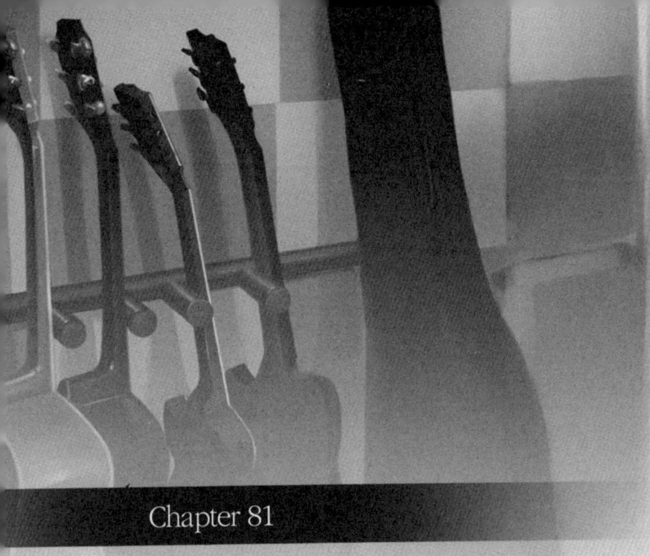

Chapter 81

“빌.”

“응? 팔 생각 있는 거야? 내가 가격 잘 쳐줄게.”

“그게 아니고요. 빌은 내가 어느 정도까지 성장할 거로 보
여요?”

“그야⋯⋯.”

순간 번뜩이며 빌 게이트의 눈빛이 관찰자의 시점으로 바
뀌었다.

나도 담담히 바라봐 줬다.

“⋯⋯.”

“⋯⋯.”

"……."

"……."

"……."

"……."

"……."

"알았어. 알았어. 더는 안 물어볼게. 에이, 다른 사람이나 공략해야겠다. 아무래도 널 친구로 두는 게 더 이득이겠어."

"빌이 친구로 인정할 정도인가요?"

"충분해."

"잘 판단했어요. 저도 빌과는 오랫동안 친구가 되고 싶어요."

"아아, 오해하지 말라고. 심경의 변화를 겪은 후 처음 만난 주주가 대운이라서 얘기를 꺼낸 것뿐이니까. 다른 사람에게도 푸시할 생각이라고."

"그러니까요. 다른 데서 연습이나 해 보고 오시지. 인사하는 자리에서 대뜸 그렇게 지분을 팔라고 하면 기분이 좋겠어요? 아니면 이게 뭔가 싶겠어요?"

"별로겠네."

답은 하면서도 전혀 신경 쓰지 않는 눈치였다.

욱하고 짜증이 올라왔지만 이 사람은 목적이 중요했다.

고로 이런 종류의 사람은 설득이 잘 통하지 않았다. 적이 된다면 우주 끝까지 쫓아올 위인.

차라리 이득과 이득을 두고 같은 편이라고 믿게 하는 편이

훨씬 더 상대하기 수월했다. 지금은 무슨 말을 해도 거래가 실패했다는 것만 머릿속에 꽉 차 있을 테니.

'아유~ 내가 참는다 참아.'

다가가 그의 손을 잡았다.

뭐 하는 거냐고 쳐다보길래.

"진정해요. 제가 친구로 있는 게 더 좋다고 결론 내렸잖아요. 왜 상심해요?"

"아…… 맞아. 인정해. 거절당해 조금 상처받았어."

"물론 상황에 따라 조금씩 변하긴 할 테지만 그 마음 계속 유지할 수 있도록 만들어 줄게요. 지금의 판단이 후회되지 않도록. 이 정도 약속해 줬는데도 계속 이러면 실망이고요."

"……."

"제가 실망하길 원하세요?"

"……."

"……."

"……."

"……."

"……."

"……."

"아니야. 대운이 실망하는 건 나도 원하지 않아. 알았어. 더는 대운에게 말하지 않을게. 뭐, 나를 구해 준 것도 있고 대운이 준 투자금이 큰 역할을 한 것도 있으니까."

"잘 생각했어요. 모름지기 좋은 친구란 많을수록 좋잖아요."

"그래."

달래면서도 내가 뭐 하는 건지.

LA에 온 김에 친목이나 도모할까 해서 무거운 걸음을 옮겼는데 오히려 내가 다 큰 성인을 달래다니.

답답했다.

시작부터 도종민에게 깨지더니 1991년은 운수가 좋지 않은 건지.

그렇다고 성질대로는 갈 수 없었다.

바로 뛰쳐나오고픈 마음을 꾹 누르고 빌 게이트가 마련해준 서비스를 전부 이용하고 나서야 훌훌 털어 냈다.

"하워드 슐츠은 부디 깔끔했으면 좋겠네요."

"후우~ 저도 아주 힘들었습니다. 당혹스럽기도 하고요. 그 사람, 사람을 아주 불편하게 하는 재주가 있어요."

"웬만하면 안 마주쳐야겠어요. 대박 칠 기업만 아니라면 어휴~."

"저도 사실 동조하고 싶지만, 마이크로소프트사의 기세가 어마어마합니다. 업계 얘기로는 곧 시장을 평정할 것 같다고 합니다."

"그럴 거예요. 다른 대체재가 없으니. 경쟁자는 씨를 말리고 반독점법으로 옭아매려 해도 이리저리 잘도 빠져나갈 테니까요."

"마이크로소프트사가 반독점법까지 갈 정도가 되는 겁니까?"

"그럼요. 세계 시장의 90% 이상을 먹을 테니까요."

입을 떡.

"으음, 그 정도면 조금쯤은 참을 만하군요."

"그래서 참은 거예요. 안 그랬으면 아픈 만큼 쏴 줬을 텐데. 어서 가요. 여긴 더 오래 있고 싶지 않네요."

"그 점도 동의합니다."

얼른 차를 타고 나가길 1시간이나 지났던가?

시큼하면서도 탄내가 물씬 풍기는 장소에 도착했다.

스타번스 본사.

하워드 슐츠는 미리 대기하고 있었던지 후다닥 나왔고 정홍식을 아주 반갑게 맞이했다. 나를 보고는 힐끔 고개를 갸웃대고.

그런 하워드 슐츠를 보고 피식 웃은 정홍식은 사무실에 들어가자마자 내 정체를 밝혔다.

"인사하세요. 우리 DG 인베스트의 실질 주인이십니다."

"……?"

"하워드. 우리 보스라고요."

"아!"

화들짝 놀라는 모양새가 아주 귀여웠다.

그래, 이런 걸 바랐다.

이 정도는 돼야 내가 내 성공이 만족스럽지.

하여튼 빌 게이트.

"만나서 반가워요. 장대운이에요."

"아, 하워드 슐츤입니다. 정……말 DG 인베스트의 주인이십니까?"

"DG 인베스트 주식의 97%가 제 것이니 그렇게 말해도 되겠죠."

"97%라면……!"

뭐라도 말 좀 해 달라고 쳐다보는 하워드 슐츤에 정홍식은 그의 어깨를 토닥여 주었다.

"그 3%도 스톡옵션일 뿐이에요. 실상은 100%입니다."

"아……."

"하워드 계속 놀라고만 있을 거예요? 멀리서 보스가 오셨는데 스타번스의 자랑을 맛보여 드려야죠."

"아아, 맞습니다. 잠시만, 잠시만 기다려 주십시오."

후다닥.

빌 게이트를 겪고 와서인지 스타번스에서의 만남은 더욱 즐거웠다.

하워드 슐츤이 직접 쫓아다니며 스타번스의 시스템을 브리핑해 주었고 기분이 좋아진 나는 필요하다면 추가적인 투자도 고려해 보겠다는 말도 해 줬다. 말미엔 내가 페이트라는 것을 깨닫고 사인받느라 난리도 아니었다.

다음은 뉴욕으로 향했다.

이제는 10명으로 늘어난 DG 인베스트.

그들을 만나 위무하였고 즉석 보너스 파티를 열었다.

아이와 어른의 만남이 그러하듯 사장과 직원의 만남은 돈과 직급의 논리가 아니겠나?

잘 보이지는 않지만 한 번 만날 때마다 엄청난 보너스가 생긴다면 누군들 나를 반기지 않을쏘냐. 껄껄껄.

자고로 나이나 직급이 올라갈수록 입은 무거워지고 지갑은 쉬이 열라 그랬다.

인사 한 번 잘했다고 1만 달러씩 푹푹 찔러주는 보스는 최고였고 이것이 바로 주인만이 할 수 있는 Flex가 아닌가.

"우와~ 안 나오는 데가 없네요."

"발매된 지 며칠 안 된 모양입니다. 엄청나게 마케팅을 때리는군요."

"그러게 말이에요. 저도 말만 들었지 이 정도일 줄은 몰랐네요."

뉴욕시 돌아보는 곳곳마다 Change The World가 흘러나오고 있었다.

혹시나 들른 타워 레코트 입구는 북새통이었고 호기심을 못 참고 들어가 봤더니 내부 큰 TV에서도 Change The World 뮤직비디오가 방영되고 있었다.

TV마다 수십 명이 모여들어 뮤직비디오를 관람했고 페이트 8집만 깔린 매대 전면은 서로 사 가려는 손길에 깔리는 족족 동이 났다. 그 바람에 직원이 수시로 오가며 물건을 채워

넣기 바빴다.

이런 장면은 또 처음이라 신기했다.

"총괄님은 모르시겠지만 페이트 앨범은 세계적으로도 정평이 나 있습니다. 절대 돈 아깝지 않은 앨범으로요."

"그래요?"

"보십시오. 줄 서서 사지 않습니까? 그나저나 7집보다 훨씬 성황인 것 같습니다."

"진풍경이긴 하네요."

"일상입니다."

"아……."

"아주 뿌듯하죠."

"맞아요. 뿌듯해요. 이런 것도 모르고 맨날 숫자만 보다가 날 샜네요. 이러니 감사를 잃죠."

"감사를 잃다뇨. 총괄님 겸손한 건 세상이 다 압니다. 하하하하, 근데 이 곡이 Change The World인가요?"

"예."

"듣기 편하면서도 왠지 끌어당기는 마력이 있어요. 향수도 돋고요. 또 절로 리듬을 타게 하게도 하고요. 저도 온 김에 한 장 사야겠습니다."

"이 줄을 서서요?"

삼 열 종대로 족히 50m는 뒤로 뻗어 있었다.

이걸 언제 기다려서 또 언제 사서 돌아갈까.

더구나 이번엔 CD와 LP가 같이 나왔다.

둘 다 하나씩 사겠다며 덤비는 정홍식을 말리려 했으나 기념이라며 사인까지 받겠다고 고집을 피웠다. 때마침 직원이 팻말을 들고 와 SOLD OUT을 걸며 앞으로 100명만 받겠다 하지 않았다면 꼼짝없이 1시간은 넘게 줄을 서야 했을 것이다.

결국 우리는 7집까지만 사서 돌아와야 했지만, 의지의 정홍식은 다음 날 기어코 8집까지 사서 사인받았다.

며칠을 더 그렇게 놀다 보니 그래미 어워드 날이 왔다.

속속들이 한국에서 도착하는 일행을 맞으며 또 한 번의 시상식에 참가했다.

떨어진 판매고 때문이라도 이번 수상은 별 기대를 하지 않았고 일행들에게도 그리 주지시켰다. 2년을 쉬었으니 오늘만큼은 온전히 즐기자고.

그렇게 그래미 어워드는 뉴욕의 자랑거리인 라디오 시티 뮤직홀에서 성대한 막을 올렸고 수많은 환호 속에 시작을 알렸다.

이번에 한국에서 초청된 가수는 세 팀이었다.

I believe I can fly의 김춘, Miracles의 조용길, Another Day of Sun의 남경준과 장혜린 외 여덟.

한국 가수들의 무대가 끝낼 때마다 일어나서 박수를 쳤고 클로즈업되는 카메라를 향해 나는 손가락 하트를 날렸다.

처음 어리둥절했던 사람들도 즉석에서 하트를 그려 손가락 하트를 옆에 두니 무슨 뜻인지 알고 크게 기뻐했다.

축제는 절정으로 치달았고 드디어 제너럴 필드 부문 시상 순서가 왔다. 페이트는 팝과 록, R&B 부문에서 상을 세 개 탔다.

만족.

재밌는 건 Best New Artist를 머라이어 캘리가 가져갔다는 것이다.

앳된 머라이어 캘리.

예쁘다…….

"컬럼비아 소속인데 소니가 자심하고 밀어줬다고 하네요. 페이트에서 얻은 노하우를 총동원해서요."

"그래도 실력이 부족하면 안 되겠죠."

"물론 그렇지만 신인치고는 과한 성적이긴 합니다."

"……"

마지막 말엔 대답을 안 했지만 상관없었다.

90년대를 휘저을 디바가 드디어 모습을 드러냈으니.

그뿐만이 아니라 숱한 괴소문에도 머라이어 캘리를 좋아했던 한 사람의 팬으로서 순수한 마음으로 기뻤다.

시상은 작년 수상자가 해야 했으나 그래미 역사상 가장 큰 오욕 중 하나인 밀리 바닐리의 수상 취소로 89년도 수상자인 트레이시 채프먼이 대신하였다.

다음은 Song of the Year였는데 올해에도 미소가 아름다운 배우이자 가수인 벳 미들러가 From a Distance란 곡으로 수상했다.

박수.

"이번에는 Record of the Year입니다. 작년 수상자인 벳 미들러가 시상하겠습니다."

호스트의 안내에 따라 벳 미들러가 다시 나왔고 봉투를 열었다.

특유의 풍성한 표정을 지은 그녀는 나를 봤다.

왜?

"와우! 페이트 Smooth입니다. 축하해요. 페이트!"

사람들이 우르르 일어나 박수 쳤다.

페이트를 환호했고 자랑스러워했다.

어리둥절했다.

이게 무슨 일인지.

Smooth라면 6집 nominate에 수록된 곡인데. Santana와 함께 Rob Thomas가 불렀던 곡. 우린 김현신이 부르고.

얼떨떨해하는 사이 등 떠밀려 나갔다.

느낌이 이상했다.

이번엔 진짜 마음 비워서 그런지.

첫 수상 때보다 더.

행복했다.

기쁜 마음에 무슨 말인지도 모르게 나오는 대로 지껄인 것 같았다. 온통 감사와 감사, 감사…… 여러분의 성원이 하늘에 닿아 그 꽃씨를 그 촛대를 내게서 옮기지 않은 것 같다며 할

렐루야를 외쳤다.

그리고 대망의 Album of the Year는 Back on The Block를 발표한 퀸시 존스에게 돌아갔다.

1990년의 주인공은 퀸시 존스가 됐다.

성대한 파티가 열렸다.

먹고 마시고 즐기고…….

그러나 시작이 있다면 끝도 있는 법.

참가했던 아티스트들도 그들을 지켜봤던 시청자들도 모두가 자기 일상으로 돌아갈 즈음 우리도 귀국길에 올랐다.

하지만 정흥식은 이번에도 또 같이 가지 못했다.

FCC(미국연방통신위원회)가 미국의 무선 통신 상용화 발표 일정을 잡았다고 연락이 온 것이다. 반드시 참여해야 할 자리라 정흥식은 또 다음 기회로 미뤘다. 제대로 된 김치찌개를 먹고 싶다며 울부짖는 그를 두고 돌리는 발길이 참으로 무거웠지만 어쩌랴. DG 인베스트의 대표는 내가 아닌걸.

계획이 달라진 건 그뿐 아니었다.

환영 인파로 들끓을 것 같았던 입국장이 한산했다. 기자 몇몇만이 다가와 사진을 찍고 인터뷰를 요청하는데.

"무슨 일이 있나요?"

"제가 빨리 알아보고 오겠습니다."

김연이 움직일 새도 없었다.

공항 곳곳에 마련된 TV에서 무슨 일이 벌어지고 있는지 알려 줬다.

수서 지구 택지 특혜 분양 사건이었다.

서울시가 1989년 3월 지정된 수서, 대치 택지개발 예정 지구를 일반 주택 청약자들을 무시한 채 특정 조합에 과분하게 공급함으로써 빚어진 비리 사건이었다. 민간 주택 조합 소유 토지 3만 5,500평을 경제 기획원, 서울 지방 국세청, 군부대, 언론사 등 영향력 있는 기관들이 다수 참여한 조합에 특별 분양한 것.

미친 것들.

기억났다.

이 일로 한보그룹 회장이 잡혀간다.

'어쩔까나?'

당시도 무척 뜨거운 감자였으나 노태운이 150억을 받는 등 위에서 내리눌러 흐지부지된 일이었다.

그 덕에 한보그룹 회장 신뢰도가 단박에 높아졌는데.

검사가 무슨 짓을 해도 자물쇠 채운 입은 열리지 않았고 곁가지는 잘려 나가더라도 로비 몸통이 보호된다는 사실이 부각되며 그는 단 1년 만에 재기했고 승승장구하였다.

그렇게 실력이 아닌 로비질로 일으킨 기업은 더 결국 큰 사태를 불러일으켰다.

1997년 한보그룹 부도.

수많은 가정을 초토화시킨 주범이라.

길은 두 개였다.

"나 모르게 돈 처받았다거나, 아님 약속을 지켰거나."

"예?"

"가시죠. 아주 재미있는 일이 벌어졌네요. 시험이 떨어졌
어요."

도착한 회사에는 네 개의 현수막이 세로로 걸려 있었다.

한결같아서 좋았다.

기자는 따라붙지 않았고 이 정도쯤이야 참으로 간편하다
생각했다.

총괄 본부장실에 든 지 얼마나 됐을까?

김연이 조그맣고 시커먼 사람을 한 명 데려왔다.

"마침 회사에 있어서 인사시키려고 왔습니다. 어서 인사드려."

"김건몬입니다. 만나 뵙게 되어 영광입니다!"

아이고야.

그 스티비 원더 노래 잘한다는 친구가 당신이었어?

어떻게든 우리와 연이 닿을 거란 확신은 있었지만 이런 식
일 줄은 몰랐다.

그나저나 우리 오필승에 신승후, 김건몬, 천성인, 박미견이
장착됐다. 클롬만 챙기면 90년대도 쭉 가는 건가?

"어서 오세요. 앉으세요."

"감사합니다."

"아직 계약은 하지 않았습니다. 노래 실력은 상당한데……."

눈짓이 외모가 걸린다는 얘기다.

오필승 소속치고 외모 내세울 사람은 없겠지만, 이 시점 김건몬은 누가 봐도 볼품없었다. 그 사실을 본인도 잘 아는지 고개를 들지 못했다.

물론 김연은 외모만으로 김건몬을 평가하지 않았다.

"이 친구가 희한한 게 막상 피아노 앞에만 앉으면 외모 생각이 하나도 들지 않게 해 준다는 겁니다."

"그런가요?"

"저도 몇 번을 고심했는데 그래서 판단을 못 내렸습니다. 결국 이렇게 총괄님께 맡기게 됐고요. 면목 없습니다."

"제가 봐도 확신을 주지 않는 외모긴 한데 실장님을 헷갈리게 할 실력이라면 호기심이 돋는데요. 들어 봐도 될까요?"

"예, 예?"

여태 둘만 얘기하다가 갑자기 화살이 꽂히니 화들짝 놀라는 김건몬이었다.

겸손한 김건몬.

기고만장해서는 재미도 없는 장난질에 오버나 하던 것만 보아 왔던 사람으로서 참으로 색다른 맛이었지만 동조해 주지 않았다.

어떻게 해 줄까?

빡센 교육으로 말년까지 큰 탈 없이 살게 해 줄까? 아님, 대충 뽑아 먹고 치울까.

물론 이것도 내가 선택할 문제는 아니었다.

일단 3층으로 내려와 자신 있는 노래를 해 보라 하였다.

예상대로 I Just Called To Say I Love You가 나왔다.

1984년 Stevie Wonder가 직접 만들고 직접 불러 크게 히트한 곡.

동년 개봉한 영화 Woman In Red의 OST이기도 한 곡.

'으음…….'

나무랄 데가 없었다.

발음, 음색, 리듬감, 호소력.

더 솔직한 평이라면 스티비 원더보다 잘 부르는 것 같다.

소속 아티스트들도 다들 인정한다는 듯 노래가 끝나자마자 박수를 쳐 댔다.

머리를 긁적이는 김건몬.

한숨이 나왔다. 이 사람은 너무 잘해서 문제라.

다시 총괄실로 데려가 그 눈을 직시했다. 내 눈을 피해 다시 겸손한 자세를 취하지만 나는 네가 무슨 짓을 저지를지 안다.

"본인이 잘 알죠?"

"예?"

"본인이 노래 잘하는 것."

"아……."

"그리고 사람 말 더럽게 안 듣는 것."

"예……?"

"그렇게 생겼어요. 사람 말 참~ 안 듣게. 술 좋아하고 놀기 좋아하고 여자 좋아하고. 그러면서도 여자한테는 남성적인 자신감이 없어 유아틱하게 굴고."

"……."

"총괄님."

김연이 말리려 했으나 손을 휘저어 막았다.

"저도 낭만 가객에게 음주가무까지 끊으라 할 자신은 없고요. 다만 유흥업소 근처에는 안 갔으면 좋겠어요. 그렇게 할 자신 있어요?"

"……."

"우리 가수 중 한 분은 자기 존재에 맹세하셨어요. 담배 근처에는 있지도 않겠다. 만일 다시 손에 담배를 쥐게 된다면 음악을 관두겠다. 형은 여자랑 술이 문제일 것 같은데. 어때요? 나이트부터 어떤 유혹이 와도 유흥업소 근처로는 안 가기로 일생을 한번 걸어 볼래요? 아니면 편한 길로 이 문을 열고 나가실래요?"

◇ ◆ ◇

한보그룹이 공중분해됐다.

'베푼 만큼 돌아오고 끝이 좋으면 모든 것이 좋다'는 그의 경영 철학답게 파도 파도 끝없이 뇌물 명단이 흘러나왔다.

서울시 고위 공무원 절반이 이 일과 연관돼 있었고 폭도 넓

었다. 아래 말단 공무원부터 청와대 민정수석까지 안 닿는 데
가 없었고 줄줄이 끌려 나갔다.

사태를 깨달은 노태운은 불호령을 내렸고 수서 지구 특혜
분양과 연관된 자들, 즉 특혜받은 조합 소속인 자들……. 경
제 기획원, 서울 지방 국세청, 군부대, 언론사 인물들을 모두
잡아 와 책임을 물리라 했다. 그거로는 안 되겠는지 싹 다 무
인도로 보내라 했다.

뇌물을 안 먹은 모양이다.

나는 노태운의 과감한 조치가 일면 이해됐다.

안 받았으니 가차 없어도 되고 또 대통령도 밀려드는 뇌물
을 밀어내며 금단 현상이 올 지경인데 말단 공무원 주제에 감
히 허튼짓일까.

한보그룹은 갈가리 쪼개져 주변 그룹사들의 배를 부르게
했으며 그 일가족들은 주머닛돈 한 푼까지 탈탈 털려 감옥으
로 직행했다.

죄질이 악랄한 고위 공무원들도 무인도행이 결정.

조폭들이 득실대는 장소로 가는 배를 타기 전 울어 버리는
장면이 생중계로 송출됐다.

과한 조치가 아니냐는 일부의 우려도 있었는데.

노태운은 직접 담화를 통해 정면으로 돌파했다.

≪개인이 부정을 저지르면 개인이나 한 가정의 피해밖에 없

겠지만, 공무원이 비리를 저지르면 그것은 곧 국가를 흔드는 행위이다. 이는 내란죄에 버금가는 큰 죄이므로 도저히 묵과할 수 없다. 이에 다시 밝힙니다. 사람이 살다 보면 유혹에 흔들릴 수도 있고 실수도 할 수 있지만, 공무원은 해당 사항이 없습니다. 나라의 녹을 먹는 이상 국가 소속이고 국가는 곧 국민을 위한 시스템이므로 각 공무원의 역할은 '해당하는 기능을 위한'이라 보시면 맞을 겁니다. 그러니 우리나라 공무원들 잘 판단하시기 바랍니다. 고장 난 부품의 말로가 어떤지……≫

공무원은 사람이 아니므니다.

2000년대라면 상상도 못 할 담화문이었으나 1991년의 겨울 끝자락은 무척이나 반겼고 뜨거워했다.

속 시원하다는 국민적 호응이 이어졌다. 바쿠스라도 가져가야 민원 처리해 주는 공무원에 대한 불만이 연이어 터져 나왔다.

노태운은 좋다고 특별 감사팀을 발족, 전국에 있는 공무원의 부정부패를 집중 단속하겠다 다짐했다. 어서 빨리 제보해 달라고.

이렇게 한국이 부정부패를 씻어 내고자 들끓고 있을 때.

저 멀리 세계적으로 몰매 맞느라 바쁜 중동의 이라크도 머리가 터질 지경이었다.

천하에 뚫을 것이 없다고 자랑한 방공망이 휴지 조각처럼 찢어지고 와해됐다. 그렇다고 지상군인들 승전보를 올리냐.

연전연패.

갈수록 불리해지는 전황을 돌파하고자 철수를 전제로 유엔에 협의안을 던졌다.

그러나 기각.

일본도 안 할 멍청한 짓이었다. 오히려 약세만 알려 준 꼴.

협의안 내용이 CNN 등에 알려지며 또 한 번 수모를 겪게 된다.

1. 모든 점령 지역으로부터의 이스라엘의 철수와 이와 관련된 유엔 결의들의 이행

2. 레바논으로부터의 시리아 철수

3. 이라크 영토 보전 및 걸프 주둔 모든 외국군 철수

4. 쿠웨이트 점령에 관한 유엔 결의 660호 취소

5. 이란의 역할이 포함되는 걸프 지역 안전 계획 수립

6. 이라크에 대한 전쟁 배상의 지급

7. 분쟁에 개입된 걸프 국가들에 대한 이라크의 부채 탕감

이따위 걸 누가 받아들일까?

패전국도 아니고 이라크의 기간 시설들을 몽땅 깨부수는 중인 다국적군이.

받아들이지 않는다면 끝까지 싸우겠다 으르렁대지만, 이미 이빨 빠진 호랑이였고 늙어 빠진 사자였다. 누구 하나 신

경 쓰는 이 없었고 쿠웨이트에 주둔 중인 이라크군은 계속 죽어 나갔다.

이라크 내부의 상황도 만만치 않았다. 연속된 전쟁으로 인해 국민의 삶은 피폐해질 대로 피폐해졌고 지지율마저 급락, 이대로 가다간 정치적 입지마저 흔들리겠다 싶었던 후세인은 군대라도 보존하고자 철군을 결정하였다.

쿠웨이트 정유 시설은 못 먹는 감 짓이겨 버리듯 파괴하고.

다국적군 승리.

미국은 걸프전 전투 전면 중지를 선언하고 이라크에 휴전 조건 5개 항을 제시한다.

1. 모든 안보리 결의안 수락(12개)

2. 쿠웨이트 합병 무효화 및 피해 보상 약속(1,500억 달러)

3. 다국적군 포로, 유해 및 쿠웨이트인을 포함한 외국인 즉시 석방

4. 기뢰 및 지뢰 등 모든 폭발물의 위치, 특성을 통보

5. 쌍방 군사령관의 48시간 내 휴전 논의

후세인은 조건을 수용했고 공식적으로 휴전이 선언됐다.

휴전 협상에 의해 우리나라 군사 분계선 같은 폭 2km짜리 완충 지대가 만들어졌고 20km 이내 비행 금지도 정하고 그렇게 말도 많고 탈도 많았던 걸프전은 끝났다.

수많은 관영 매체들이 이 소식을 쏟아 내는 가운데 뉴스의 끝자락 LA에서 로드니 킹이라는 흑인이 체포 과정에서 백인 경찰들에게 집단 폭행을 당했다는 짤막한 기사가 실렸다.

김건몬도 3월 5일이 되어 두 손 들고 항복, 찾아왔다.

여전히 호기심 돋고 가고 싶지만, 유흥업소 갈 돈도 없고 거기 가는 것보다 성공이 더 크다는 걸 인정하겠다는 것.

이게 이렇게나 시간을 끌 일인가 싶었으나 본인이 진지하게 그렇다니까 알았다고 하고 넘어갔다.

"후우……. 이번 해는 연초부터 유난히 일이 많았던 것 같네."

겨우 숨을 돌렸다.

그러나 가만히 있는 것도 못할 짓이었다.

좀이 쑤셔 모니터나 할 겸 TV를 틀었다. 김완서의 '나만의 것'이 1위를 하고 있다던데 구경이나 해 볼까 하고.

기대 외로 이번 주 1등은 이상운이었다.

기갑물 수준으로 올라간 어깨 뽕에 하얀 디스코바지를 입은 그가 피노키오 춤인가? 가벼운 율동으로 부르는 노래는 '그녀를 만나는 곳 100m 전'이었다.

≪저기 보이는 노란 카페, 오늘은 그녈 두 번째 마주한 날, 두 눈은 그곳을 달려가고 있지만 심장만 떨려 오네. 새로 산 바지가 어색해, 자꾸 거울에 비춰 봐도 어벙한 내 모습이…….≫

내가 좋아하는 가수였다.

88년 강변 가요제 금상 출신으로 '슬픈 그림 같은 사랑'은 어릴 적 내 애창곡 중 하나라.

본래 이 곡은 1989년 이남운이란 사람이 '고백을 해야지'란 제목으로 작사·작곡하여 전민이라는 가수에게 줬지만 히트하지 못하고 사장됐다.

그러나 변진석의 '희망사항'으로 독특한 노랫말을 선보였던 노영신이 투입되며 새 생명을 얻었다.

그러고 보면 이런 곡들이 꽤 있었다.

최진이의 '사랑의 미로'도 그렇고 장혜린의 '오늘 밤에 만나요'도 그렇고 대표적으로 '호랑나비'의 김흥국도 있었다.

'호랑나비'는 '논개'로 유명한 이동긴이라는 가수가 1985년 처음 발표했으나 조용히 묻혔고 1987년 다시 김흥견이란 가수가 리메이크했으나 다시 묻힌 곡이었다.

이걸 김흥국이 1989년에 춤과 함께 리메이크하며 공전의 히트를 친 것.

김흥국의 또 다른 히트곡 '59년 왕십리'도 비슷했다. 1987년 김남희란 가수가 '왕십리'로 발표한 곡을 리메이크하여 스테디셀러로 만들었다.

김흥국은 리메이크로 인생 역전한 가수였다.

이상운도 역시. 그저 인지도나 있는 가수에서 '그녀를 만나는 곳 100m 전'으로 대한민국 톱클래스로 우뚝 솟았다.

"잘 유지해요. 괜히 기획사 만든다고 싸돌아다니지 말고."

보기 좋았다.

아기자기한 시대의 감성이 모처럼 나를 릴렉스하게 해 주고.

웬만하면 한국 가요계는 건들지 않았던 결정이 보람찰 정도로.

하지만 이 시점 나에게 무엇보다 큰 성과는 김현신이었다.

작년에 죽었어야 할 사람이 버젓이 살아 있다.

유작이었던 '내 사랑 내 곁에'가 마지막 녹음에 들었다. 곧 발매.

사랑하는 사람 곁에서 여전히 사랑받고 살고 작년 말 Hoobastank의 The Reason도 같이 작업했다.

"건강한 모습으로 오래오래 살아요. 좋은 음악 들려주고."

똑똑똑.

"총괄님~."

정은희가 고개를 빼꼼 내민다.

뭐예요? 하니. 정복기가 찾아왔단다.

알았다고 하자마자 들어온 정복기는 오른손에 커다란 쇼핑백을 들고 있었다.

보는 순간 직감했다.

"맞습니다. 성공했습니다. 지난 한 달간 수시로, 수백 명에게 맥시멈으로 테스트한 결과 무리 없이 돌아가는 걸 확인했습니다."

"……."

진짜였다.

"환경이 열악하긴 했지만 결국 해냈습니다. 총괄님!"

"저기……. 잠깐, 잠깐만요. 우선 설명을 좀 부탁드려도 될까요?"

자랑스러워하는 정복기에겐 미안한 일이지만 나는 무작정 기뻐할 수가 없었다.

기술이 올바른 경로대로 진행된 건지 알아야 했다.

"설명……을요?"

"예, 어떻게 된 건지. 자세히."

"그거야…… 예, 알겠습니다. 으음…… 처음부터 해야 하나요?"

"예."

진지하게.

"갑자기 이러시니…… 뭐, 알겠습니다. 그게……. 음……. 무선 통신이라는 게 단말기가 필요하고 기지국이 필요하고 교환기도 중간에 있어야 기본적인 세트가 완료되는 건 아시죠?"

"예."

"세계가 현재 매달리는 무선 통신 기술은 아날로그 음성을 디지털로 전환하여 정확히 전달하는 데 중점을 두고 있습니다. 빠르고 쉽고 잘 들리게 말이죠. 하나 더한다면 간단한 데이터 전송이 있을 테고. 하지만 여기엔 넘어야 할 산이 아주 많습니다. 복가-1의 시스템은 단말기로 아날로그 음성이 전달되면 9.6Kbps 디지털 데이터로 변환, 시간별 지정 주파수로 전달합니다. 여기에서 끝이죠. 그러나 이번에 개발된 복기-2는 아날로그로 전달된 음성을 우리 방식으로 부호화시켜 다시 19.2Kbps 디지털 데이터로 변환, 인터리빙 작업을 통해 뿌리는 작업에 들어갑니다."

"예."

맞다. 이렇게 돌아가야 한다.

"여기에서 복기-2의 가장 큰 문제점이 드러납니다. DSSS 방식을 적용해 뿌리는 것까진 확실히 잘 돌아가긴 하는데 잘만 돌아가서는 복기-2의 특색이 전혀 살지 못하죠. 더욱이 잘못 뿌렸다간 GSM과 다를 바 없어지기도 하고요. 그냥 뿌리기만 해선 애써 만든 부호화가 소용없게 되니까요. 통화 품질도 애석할 정도고요. 그래서 가장 먼저 선택한 방법이 단말기별로 개별 보안 체계를 인식시키고 용량을 20배로 늘리는 작업을 했습니다."

"20배라. 그래서 통화 품질이 개선되던가요?"

"그렇습니다. 하지만 DSSS 방식이 가지는 심각한 문제점을 해결한 건 아니었습니다. 전파가 공중에서 사방으로 퍼져 나가는 성질이 있다는 걸 간과한 거죠. 적합한 안테나만 있다면 누구든지 수신할 수 있고 또 신호 변조 방법만 캐치하면 얼마든지 도청 가능해진다는 결론에 도달했습니다. 이게 싫어 보안 체계를 넣은 건데 이런 식으로 단순하게 뿌린다면 금세 들통난다는 걸 깨달은 거죠. 아무런 장점이 없어지는 겁니다."

정확하였다.

도청은 하겠다는 의지와 자금력의 문제일 뿐 이런 식이라면 우리가 아무리 복잡하게 보안 체계를 잡아 놨다 한들 적의를 가진 상대라면 얼마든지 파훼해 낼 수 있었다.

'그 상대란 것이 꼭 이데올로기적인 대립이 아니라는 거겠지. 무선 통신업은 미래를 주도할 먹거리. 반드시 허점을 캐는 놈들이 나올 거야.'

정복기는 말을 계속 이었다.

"좋게 말하면 1차 보안 정도 실현된 거지만 1차 보안만으로는 경우의 수가 너무 뻔했습니다. 시간만 들이면 저라도 도청해 낼 수 있겠더라고요. 저는 누구라도 도저히 찾을 수 없는, 방해 전파에도 강한 진짜 통신을 만들고 싶었습니다."

"……!"

"그래서 이놈이 나온 겁니다."

정복기의 자신감이 방 안에 퍼져 나갔다.

나는 나도 모르게 주먹을 불끈 쥐었다.

"생각을 바꿨습니다. 생각을 바꾸니까 길이 보이더라고요. 보안 체계가 굳이 하나일 이유가 있을까요? 하나가 안 되면 두 개, 두 개가 안 되면 세 개로, 그것이 부족하면 체계를 쪼개든 같은 체계를 수십 개 날리든 아예 랜덤으로 분산시키든. 어쨌든 받는 쪽에서 제대로 받기만 하면 되는 거 아닙니까?"

"맞아요. 그렇죠. 받는 것까진 보안이 필요 없죠."

"보안 체계뿐만이 아닙니다. 비트를 곱해 줘도 되고 주파수 자체를 쪼개 보내도 되고 방법은 아주 넘쳐 납니다. 게다가 주파수 대역폭은 쪼개는 만큼 영역도 배가 되는 성질을 가지고 있습니다. 이러면 수천만이 한시에 덤벼도 통화 품질에 이상이 없게 됩니다."

"그걸 해낸 게 이놈이라는 건가요?"

탁자 위에 올린 기다랗고 시커먼 박스를 집었다.

정복기가 턱을 들었다.

"현존하는 통신 기술 중 가장 완벽한 놈입니다. 세계 어디에 내놔도 이만한 보안이 걸린 통신 규격은 찾을 수 없을 겁니다."

찌릿. 등골로 전율이 돋았다.

그러나 환호는 아직 이르다.

마지막으로 한 가지를 더 확인해야 했다.

"그러면 이놈이 앞서 말한 기술을 다 먹어 치운 건가요?"

"아주 탐욕스러운 놈이죠. 그래서 더 늦어졌습니다. 한두 가지만 추가했다면 작년 말에라도 보여 드렸을 겁니다."

역시 정복기.

순간 2019년 기준 242억 달러 매출의 거대 기업 퀄컴이 눈앞에서 사라지는 게 보였다.

당시 검증이 안 된 기술이던 CDMA를 우리 ETRI(한국전자통신연구원)가 공동 개발하여 상용화에 성공, 퀄컴이 현재의 독점적 지위의 기업으로 만들어지는 데 큰 역할을 담당한 걸 기억한다면 나의 분노가 이해될 것이다.

그 대가로 한국 기업 간의 라이센스에는 최혜국 대우에 관한 조항이 만들어졌고 잠시 사이가 좋은 듯 보였으나.

중국과 계약하며 로열티와 기간을 제 마음대로 조정, 도저히 받아들일 수 없는 조건으로 최혜국 조항을 회피하는 뒤통수를 쳤고 기기당 대량의 로열티를 요구했던 행태를 벌였다.

그따위 양아치 짓이 시간 사이로 가려지는 게 보였다.

다시는, 영원히, 보이지 않을 곳으로.

'너흰 계속 운송 트럭 위치 추적 GPS 서비스나 팔아라.'

끝났다.

이로써 90년대를 지배하는 무선 통신 기술을 전부 완성했다.

나는 이 녀석을 구시대적인 CDMA(Code Division Multiple Access)가 아닌 다른 이름으로 부를 것이다.

SDMA(Security Division Multiple Access).

CDMA보다 최소 1.5 단계는 발전된 이 녀석은 앞으로 세계 최고의 무선 통신 기술이라 일컬음당할 테니까.

자존심 강한 GSM마저 그 효용성을 인정하고 3G 개발에 적용했던 기술의 원천이 될 것이고 오필승 테크의 미래를 더욱 화려하게 밝힐 선두 주자일 테니까.

세계는 이제 우리에게 호의적일 수밖에 없으리라. 껄껄껄.

바로 미국으로 보냈다.

보름쯤 지나자 정홍식으로부터 연락이 왔다.

[휘유~ 이제 겨우 완료했습니다. 총괄님, 저 이러다 미국 시민 되는 거 아닌지 모르겠습니다.]

"죄송해요. 타이밍이 이렇게 딱딱 들어맞네요."

[기술의 발전을 제 투정으로 막을 수가 있나요. 그나저나 미국 애들이 무척 놀라겠는데요. 복기-1 상용화가 이달 1일이었지 않습니까. 그런데 25일에 복기-2가 올라왔으니.]

"정리는 잘 됐나요?"

[그나저나 Security 기술을 마구 공개해도 되겠습니까?]

"기기당 매겨지는 언어와 기호, 숫자의 조합만 59개예요. 해킹하려면 해 보라고 하세요. 확실히 되는 거죠?"

[뭘 그런 걸 다 물으십니까. 총괄님도 전문가시겠지만 복기-2만 해도 300여 개의 특허 꾸러미가 있어요. 그걸 다 풀이해서 개념도를 만들어 우선 심사를 올린 게 저입니다. 복기-2에 관해선 저도 누구 못지않은 전문가입니다. 실수는 일절 없습니다.]

"그런 얘기가 아닌데……."

[알죠. 요새 통신업과 자주 어울리다 보니 자랑하고 싶어서 드리는 말씀입니다. 제 실력이 나날이 성장하고 있음을요.]

자신감의 표현이라지만 소리도 크고 그것에 든 기분은 분명 울화였다. 그보다 진한 억울함.

괜히 기죽어 조심스레 물었다.

"그럼 이번에 들어오시는 건가요?"

[아니죠. 미국이 복기-1로 상용화에 성공했는데 한 몸인 캐

나다인들 가만히 있겠습니까? 아래 멕시코는요? 그 아래 라틴 아메리카는요? 복기-2도 잘 돌아가는지 봐야겠죠. 저는 아마도 아주 오랜 시간! 밖에서 헤매야 할 겁니다.]

이것이었다.

"죄송해요. 그것만 처리하면 당분간은 일이 없어요."

[하하하하하, 여전히 무감각하시군요. 아메리카가 움직였는데 아시아인들 가만히 있겠습니까? 제가 전생에 무슨 죄를 지었는지 모르겠지만 총괄님을 만나 세계 일주를 다 해 보고 아주 기쁩니다. 하하하하하하!]

"아…… 예."

[그러니 걱정하지 마십시오. 특허 하면 이 정홍식이 아닙니까. 총괄님의 기저귀 건부터 제가 다 해 왔습니다. 세계를 싹 다 복기-1, 복기-2로 깔아 버리겠습니다. 하하하하하하하하~]

웬만하면 참고 정홍식의 울화를 풀어 주려 했으나 그 웃음소리가 너무 무서워 금방 끊었다.

끊고 나서는 또 살짝 자존심이 상했다.

나도 중2인데.

질풍노도의 시기.

거리낄 것도, 무서울 것도 없는 무서운 시절인데.

"에휴……."

아무래도 정홍식의 광기는 못 이기겠다.

변리사 사무소 잘하고 있다가 스카우트돼 와서는 세계가

좁다며 뛰어다니는 사람.

분명 좋아하고 원했던 일일진대도 화를 낸다.

나도 억울하다.

"아니, 본인도 이런 일 해 보고 싶다고 하지 않았나?"

처음 기저귀 특허 맡길 때 그랬다.

탐나는 커리어가 될 거라고.

비용으로 2천만 원이 넘게 지불했다지만 별로 남지도 않는 건을 기쁘다 다녀 놓고 이제 와서 화를 내고.

"……."

문득 이학주가 떠올랐다.

정홍식을 데려온 사람. 그러고 보니 세상 제일 편한 자리가 오필승의 고문 역이 아니던가.

가만히 앉아서 법리 검토나 하고 빈둥빈둥 노는 사람.

괘씸해서 찾아갔다.

하지만 서류 더미에 파묻혀 무언가 열심히 적고 있는 그를 보고는 다시 발길을 돌릴 수밖에 없었다.

"안 바쁜 사람이 없구나."

김연도, 도종민도, 정은희도……. 심지어 조용길과 위대한 탄생도 늘 바쁘다. 독일에 있는 강신오도 그럴 테고.

"쳇, 나도 바쁘다고."

Chapter 82

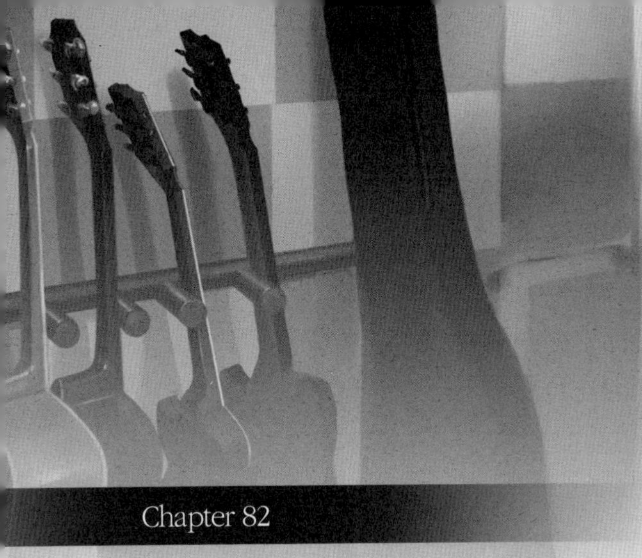

Chapter 82

대구시에 난리가 났다.

잘 쓰고 잘 마시던 수돗물에서 느닷없이 화학 약품에서나 맡던 지독한 냄새가 난 것.

빗발치는 민원에 정부는 즉각 조사에 들어갔고 수사를 맡은 검찰은 곧 두상전자 구미공장이 비 오는 날을 택해 발암 물질인 페놀을 300t 넘게 낙동강에 방류한 사실을 밝혀냈다.

검찰 설명으로는 낙동강 수원이 갑자기 오염되자 대구시 상수도 공사가 급히 정화 약품을 퍼부었고 그게 고스란히 흘러 시민들에게 간 거라고.

씨벌.

나도 그 맛과 냄새를 기억한다.

아무 때나 목마르면 벌컥벌컥 마시던 수돗물에서 도저히 가까이 갈 수 없는 역한 냄새가 났고 아마도 그때부터 의심했던 것 같다. 우리나라 수돗물의 품질을.

"……!"

생수 사업?

순간 한번 덤벼 볼까란 호기가 돋았으나 바로 포기했다.

지금도 벅차다.

학교 다니랴. 회사 챙기랴. 생수 사업 정도는 남 줘도 된다.

그렇게 며칠이 지났던가?

이번엔 선거한다고 난리다.

전국 시/군/구 기초 의회 의원 선거가 30년 만에 실시되었다고. 특별시, 직할시, 도지사는 6월에 따로 한다고 지랄들이다. 하려면 같이 하든가.

그런데 이것도 방송을 보다 보니 역사가 꽤 깊었다.

뉴스에서 한 말을 그대로 읊어 보면.

≪제헌 헌법에서 위임한 법률에 따라 1950년 최초의 지방 선거를 실시하려 하였으나, 북침에 의한 6·25전쟁으로 미루어졌고 1952년 4월 25일에서야 시·읍·면의회, 5월 10일에 도의회 의원 선거를 실시하였다고 합니다. 당시 90.7%라는 높은 투표율을 보였다고 하는데……. 1961년 5·16군사정변으

로 인해 해산되었고 이제야 겨우 부활하였습니다. 이로써 민
주주의…….≫

　이번에 투표율이 55%라던가?
　대통령이나 국회 의원이면 몰라도 먹고살기도 바쁜데 누
가 시/군/구 기초 의회 의원 뽑는 것 따위에 관심을 가질까?
　개인적으로도 회의적이다.
　특별시, 직할시, 도지사야 당연히 국민 투표가 진행되어야
겠지만 시, 군, 구는 너무 쪼갠 느낌.
　2008년인가? 그때 치러질 교육감 선거도 그랬다.
　이름조차 모르는 이들이 나와서 자녀를 위한 무엇을 한다
고들 하는데 진짜로 하려는 건지 요식만 취하는 건지.
　결국 정당을 보고 찍게 되었는데 나중엔 이도 랜덤으로 해
버려 옳게 알 수도 없게 만들어 놨다.
　그렇게 뽑힌 사람들이 대체 얼마나 교육에 헌신할 건지……
뽑힌 다음부터는 정치질에만 열을 올리는 게 아닌지, 선심성
공약만 남발하고 시 재정을 악화로 몰고 가는 건 아닌지.
　그런 놈들에 대한 평가는 누가 할 테고 망가진 재정은 누가
책임질 테고 중앙도 정비가 안 된 상태에서 지방은 어떤 꼴이
될 테고 왜 자꾸만 감당 안 되는 일을 벌이는지. 젠장.
　이도 선진국으로 가는 과정일 수도 있겠지만, 그 과정에서
겪을 피해는 누가 다 감당할까?

결국 국민만 괴로워질 것이다.

머리가 북적북적 괴로웠다.

도저히 신 비서에게 전화를 걸지 않을 수 없었다.

"예, 저예요. 지방 선거 승리하셨네요. 축하드려요."

[아하하하하, 아닙니다. 저희의 온전한 승리라고 하기엔 무리가 있습니다.]

"그런가요?"

[4,304석 중 우리 여당 당선자가 2,142명에 불과합니다. 야당은 818명. 더구나 무소속이 1,343명인 것으로 나타났습니다. 1석은 당선자가 없고요. 이것만 봐도 아직 국민의 신임을 얻지 못한 상태임을 알 수 있습니다.]

툭 던지니 바로 본론이 나온다.

신 비서와 나 사이에 이 정도 신뢰는 있었다.

"분석이 정확하시네요."

[그렇죠. 49%에 달하는 의석수를 가져갔다고는 하나 3당이 합당했음에도 이 정도 수치라면 패배라고 해도 과언이 아니죠. 그 때문에 대통령님께서도 고민이 많으십니다. 지금까지 성공적이라 일컬었던 정책들이 부정당한 느낌이라서요. 대통령님의 지지도만 보더라도 70% 이상은 가져가야 옳았습니다.]

"어쩔 수 없겠죠. 상대는 어떻게든 군부 독재의 잔재라고 네거티브 전략을 펼쳤을 테니까요. 벗어날 수 없는 프레임이잖아요."

[맞습니다. 특히나 호남 쪽은 참담할 지경입니다. 발을 붙일 수가 없을 정도죠.]

"어차피 그렇게 된 것. 그걸 또 이용하실 거잖아요."

[으음……. 아마도 본격적으로 그렇게 될 것 같긴 합니다.]

지방 선거란 타이틀을 걸긴 했지만, 실질은 여당 대 김대준의 대결이었다.

호남 지역에 절대적인 영향력을 가진 김대준답게 결과 또한 극명하게 나타났으니 어쩌면 김대준의 승리라 볼 수 있겠지만 내 보기에 이는 빌미를 준 것과 같았다.

그냥 두고 볼 여당이 아니었고 김영산도 마찬가지였다.

가뜩이나 꿈틀대는 가운데 전라도에 대한 온갖 흑색선전이 난무하게 될 것이다.

호남 고립.

하지만 그걸 논하려 전화한 건 아니었다.

나도 목적이 있었다.

"전화드린 건 다른 일이 아니고요. 이번 선거 때문인데요."

[예, 말씀하십시오.]

"지방 선거란 지방 자치를 위한 초석 다지기잖아요. 맞죠?"

[예, 그렇습니다.]

"이에 대한 중앙의 계획이 있는가 해서요."

[계획이라면……. 어떤 걸 말씀하시는지……?]

"예를 들어, 뽑힌 이들의 관리부터 정책의 방향성 검토, 기타 사업의 타당성 같은 것들요."

[으음, 그 건은 미리 준비한 게 있긴 하지만 아마도 지역구 국회 의원의 관리를 받게 될 것 같습니다. 중앙으로선 일일이 다 살필 수가 없으니까요.]

무슨 얘기인지 알겠다.

이게 상식이기도 했고.

그러나 마음이 더욱 무거워졌다.

의도인지 어쩔 수 없는 선택인지 모르겠지만, 그렇게 된다면 가뜩이나 지역구 내 제왕적 입지를 쌓은 국회 의원에게 세력까지 밀어주는 꼴이 된다.

"그럼 공천권도 국회 의원이 쥐겠네요. 감사 역할까지."

[그렇습니다.]

"국회 의원들이 무척 반기겠네요."

[일이 늘어난다며 불평하는 이들도 적지 않습니다. 하하하하하.]

지랄.

고양이한테 생선을 맡기지.

"……."

일이 이미 그렇게 흘러가기로 합의가 됐다면 지금으로서는 방법이 없었다. 예전처럼 엉망인 기초 의회가 되겠지. 국회 의원 아래 지들끼리 정치질에 여념이 없는. 민생은 쳐다도 안 보고 해외 연수에나 눈에 불을 켜고 달려드는.

딴지를 걸어야겠다.

"그럼 재정 자립은 확실히 된 거겠네요?"

[재정 자립이요?]

"예, 지방에 다 맡기기로 했다면 자립은 기본이잖아요."

[애석하게도 현재 전국 시도군 중 재정적 자립을 확립한 곳은 없습니다. 모두 중앙의 지원금을 받게 되지요.]

"겨울만 되면 멀쩡한 보도블록 뜯어내는 일이 반복되겠네요."

[예?!]

"그러면 지원금이 어디로 사용되는지에 대한 확인은 누가 하는 건가요?"

[그건……. 지역구 국회의…….]

말이 툭 끊기는 것이 신 비서도 뭔가 이상함을 깨달은 모양이었다.

이것만도 내가 전화한 목적은 성공했다.

의문을 던지는 것.

그러나 나는 독한 놈. 한 발 더 내디뎠다.

"공약 이행률 검사는 누가 하나요?"

[공약 이행률이요?]

"선심성 공약이라도 입으로 내뱉었으면 국민과의 약속이잖아요. 선거에 나왔다면 응당 공약이 있을 것이고 그걸 지켰는지는 누가 확인하죠?"

[그건…….]

“돌아가는 모양새를 보니 눈에 선한데요.”

[…….]

“중앙의 지원을 눈먼 돈이라 생각하고 무분별한 사업 계획이 올라올 거예요. 곳간이 줄줄 새겠어요. 누가 좀 잘된다고 하면 너도나도 현지 상황과 관계없이 일을 벌일 텐데 여기에 대한 대책은 있어요?”

[…….]

“역시 아무것도 없네요. 혈세를 제 마음대로 낭비해도 손실에 대한 책임은 아무도 지지 않겠죠.”

실망이라는 뉘앙스를 풍기자마자 신 비서는 저항이라도 하는 듯 말을 내뱉었다.

[하지만 자꾸만 책임을 운운한다면 도전이 없겠지 않습니까? 실패하더라도 계속 도전해야 뭐라도 건질…….]

“그런 건 죽기 살기로 덤비는 민간에서나 적용되는 말이죠.”

[예?!]

“국회 의원이고 기초 의원이고 그 구성원들을 잘 살펴보세요. 결국 시장, 구청장, 국회 의원 언저리에서 떠돌던 이들이 대다수일 거예요. 이런 사람들이 민간의 치열함을 알까요?”

[으음…….]

“제가 아는 건 공무원이 덤벼서 잘된 꼴은 세계사적으로도 손에 꼽는다는 거예요. 지금 브레이크를 걸지 않으면 어디로 튀어 나갈지 몰라요. 설사 온전히 일을 벌이더라도 자기 입맛에 맞는 사람에게 사업을 줄 거예요. 제 말이 틀렸나요?"

[······.]

"다시 처음으로 돌아가죠. 제가 원하는 건 공약 이행률이에요. 공약을 함부로 남발하면 어떻게 되는지 보여 줬으면 좋겠어요. 더해 정책 건전도나 직무 평판, 사업 성공과 실패, 그것으로 인한 이익과 손실을 시민들이 볼 수 있게 해 주세요. 누가 제대로 일하고 있는지를 우리도 알아야죠."

[하지만 그렇게 되면 의원들 활동에 상당한 제약을 주게 됩니다.]

"돈 주면서 감사도 안 할 생각이셨어요?"

[그건······.]

"굳이 암행어사까지 들먹이지 않을게요. 해마다 국가 재정의 상당 부분이 흘러갈 텐데 그걸 그들의 자체 감사에만 의존하신다는 건 아니시죠? 그럼 정말 실망인데."

[아······.]

"정말 그렇다면 더 이상 전화드릴 일이 없겠네요. 저야 일이 어떻게 되든 크게 상관없는 몸이니까요."

[아······닙니다. 이 부분에 대해서는 틀림없이 대통령님께 보고 올리겠습니다.]

"제 기준에서는 정책 실패도 곧 손실이에요. 대통령부터가 임기 말 종합 평가를 통해 낱낱이 밝혀졌으면 좋겠어요. 그런

선례를 만들어 주셨으면 좋겠다는 거죠."

[그렇게까지요?]

"선진국으로 가는 길이 쉽지만은 않겠죠."

[거기까지는 장담 못 하겠으나 이도 보고드리겠습니다.]

"부탁드려요."

[아닙니다. 저희도 사람인지라 여러모로 부족한 점이 많습니다. 그럼 용건이 끝나셨습니까?]

"예."

[저는 메모한 걸 보고드리러 가겠습니다. 그럼 이만.]

"예."

아주 과한 참견이란 건 나도 알았다.

일본이나 중국이 우리나라 정책에 간섭한 거나 비슷할 정도로 심했다는 것도 잘 안다.

여태 한 번도 그런 적 없었지만 또 그럴 이유도 없었지만.

나는 도무지 기초 의원이라 뽑힌 면면들이 신뢰 가지 않았다. 언론에선 30년 만에 부활한 지방 선거라 일컬으며 이 모두가 민주주의 반석이 될 거라 떠들어도 일반인들은 이런 일이 기획되고 있었는지도 몰랐다. 공천은 누가 받고 그 공천은 누가 주고 기초 의원으로 참가하려면 어떤 절차가 있는지, 후보 등록 마감일이 언젠지 알았던 사람이 있다면 그놈도 또한 이 바닥에서 굴러먹는 놈일 테니.

다 도둑놈으로 보였다. 재밌는 건 그 도둑놈 중에 가수 이

선이가 마포구 시의원으로 당선됐다는 건데.

"어휴~ 피곤하네."

어쨌든 돌은 던졌다.

대통령이라도 공약과 정책에 대한 책임을 져라라고 했으니 최소 기초 의원의 발목을 잡을 족쇄 정도는 만들 거라 봤다.

자유롭게 운신하고 싶다면 독립해라.

중앙에서 일체의 지원을 받지 않는다면 마음대로 해도 된다.

하지만 지원은 지원대로 다 끌어다 쓰면서 '나는 이렇게 생겼으니 냅둬'라는 건 있을 수 없는 일이다. 어느 곳이든 돈이 들어간다면 그에 합당한 의무도 마찬가지로 들어가야 옳다.

"쉽게는 못 주지."

다시 전화기를 잡았다.

나우현이었다.

"예, 맞아요. 이런 허점이 있는데. 시작점부터 홍보가 제대로 됐는지 잘 살펴 주세요. 당선된 사람들도 봐 주시고요. 더러운 게 나와도 터트리지 마시고 정부랑 발맞춰 움직이세요. 민감할 때라 되레 공격당할 수도 있어요. 맞아요. 조심하시고요."

이 정도 준비면 후속타나 경각심 정도는 일으킬 수 있을 것이다.

전화를 끊은 지 1분이나 됐나?

똑똑똑.

정은희가 고개를 빼꼼, 손님이 찾아왔다고 한다.

의외의 손님. 고개를 끄덕이자마자 잿빛 두루마기를 걸친 함홍목이 들어왔다.

"어흠."

"어서 오세요."

"오냐."

잠시 머뭇대니 정은희가 직접 국화차를 우려 왔다.

"향이 좋아서요. 드셔 보세요. 마음을 편안하게 해 줘요."

상냥한 말에 함홍목은 찻잔을 들어 향을 음미하고는 고개를 끄덕였다.

"이거 좋군. 잘 마시겠소."

"그럼 말씀 나누세요."

인사하고 나가려는 정은희를 함홍목이 잡았다.

"아 참, 뭐 하나 물어도 되겠소?"

"예, 말씀하세요."

"결혼하셨는가?"

"예?!"

"참해 보여서. 이 망둥이 같은 놈이라면 근 10년이나 같이 일해도 처녀 늙어 가는 건 생각 안 해 줬을 거 같아서."

"아, 그게……."

"아! 왜 그러세요. 갑자기 오셔서."

말리나 오히려 함홍목은 당당했다.

"이놈아, 내가 틀린 말 했어? 스무 살에 들어왔어도 10년이면 서른이야 이놈아. 이런 참한 처자를 노처녀로 늙어 죽게 만들 셈이냐."

"……!"

얼굴이 잔뜩 붉어진 정은희.

저 정은희가 나이가 올해로 서른둘이다.

시대가 달랐다.

지금은 이십 대 후반만 돼도 노처녀라고 불릴 때. 주변에서 시집가라고 난리 칠 때.

우리 때처럼 사십 대도 골드 미스로 인정해 줄 때가 아니었다. 남녀가 성인이 되면 당연히 결혼해야 하고 애도 낳아야 정상인 시절.

얼마 전 통계청의 인구 주택 총조사 결과 1990년 11월 1일 기준 국내 인구가 4,352만 199명이고 1,135천 7,160가구라고 발표했다.

즉 4인 가족이 압도적으로 많다는 것.

가정을 꾸리고 애 둘 낳는 게 보편적이라는 것.

정은희는 동생 정연주와 함께 산다. 그러고 보니 자매가 벌써 삼십 줄이 되었다.

'시간이 벌써 이렇게 흘렀나? 나는 왜 안 가냐고 투덜댔는데.'

그러고 보니 이학주도 몇 년만 지나면 오십이다. 조형만도 그렇고. 부쩍 외로움을 타는 정홍식도 그렇고.

다들 늙어 가고 있었다.

우리 때야 40대 50대는 한창이겠지만 이 시절은 환갑잔치도 치렀다. 4, 50대라면 장년층.

정은희는 얼른 내보냈다.

여기에서 결혼 얘기를 꺼낸다 한들 달라질 것도 없었고 수치심만 일으킬 뿐.

가뜩이나 지방 선거 때문에 머리가 복잡한데.

함홍목이 다시 꽤씸해졌다. 이런 얘기는 정은희가 없을 때 넌지시 던져도 되는 게 아닌가.

“왜 오신 거예요?”

“갑자기 왜 화를 내지?”

“왜 오셨냐고요?”

“넌 꼭 그렇게 묻더라. 내가 그렇게 마음에 안 드냐?”

“마음에 들게 하셔야죠.”

“내가 틀린 말 했냐?”

“틀린 말은 아닌데 타이밍이 틀렸죠.”

“뭐?!”

“안 그래도 그런 말 한창 듣고 살 거 아녜요. 직장에서, 그것도 나이 어린 상사 앞에서 그런 말을 들으면 어떨 것 같아요? 제가 분명히 말씀드렸죠. 정 과장님은 우리 오필승의 안방마님이라고요. 함부로 대해선 안 된다고요.”

“크음……”

“어떻게 오실 때마다 분란을 조장하세요? 그런 얘기는 둘만 있을 때 해도 되잖아요."

"으음……."

"그러니까 왜 오신 거냐고요?"

"그야…… 커흠흠. 차 식겠다. 일단 한 모금 하고 나서 얘기하자."

괜히 찻잔을 집어 들며 시간을 버는 함흥목이었다.

뻔뻔한 사람.

나도 안다. 함흥목이 정은희에게 수치심을 줄 의도는 없었다는 걸.

하지만 부글부글.

성질 같아선 저 마시는 국화차도 빼앗고 싶었다.

"알았다. 알았다. 그만 좀 노려봐라. 나 원 참. 내가 어딜 가서 이런 대접을 받는 사람이 아닌데. 말할게. 말하면 되잖아. 자식아."

"……."

이 대목에서 살짝 놀랐다.

노려보고 있었던가?

이건 아닌 것 같아 얼른 눈에서 힘을 뺐다.

"……거 전에 말한 거 있잖아. 그거 어떻게 하겠다는 거냐?"

"뭐요?"

"내 목숨."

"아아~ 그 얘기하러 오셨구나."

일전에 장혜린 건을 도와준 것으로 목숨 한 번 살려 주겠다 하였다.

"그래, 이놈아. 내 목숨을 어떻게 살리겠다는 거냐?"

"그게 궁금해서 오신 거예요?"

"뭐?! 그게 궁금해서 오신 거예요?! 이 자식이 정말. 네가 입장 바꿔 생각해 봐라. 어느 날 누가 와서 목숨 한 번 살려 주겠다는데. 그 얘기를 듣고 잠이 오겠냐?"

"그런가?"

"뭐? 그런가?!"

"죄를 얼마나 짓고 살았으면 이렇게 안달이 나셨을까. 샅샅이 뒤져 봤나 보네요. 혹시라도 무슨 문제 있는지. 맞죠?"

"맞다."

"그럼 됐잖아요. 알아서 진단 내렸으면 된 거 아네요?"

"네가 그런 말을 함부로 던질 놈이 아니잖아!"

"……그렇긴 하죠."

"말 빙빙 돌리지 말고 얼른 말해라. 여태 참은 것도 내 특유의 인내심이 아니었다면 불가능했다. 늙은이 말라 죽게 할 생각이 아니라면 지금 이 자리에서 냉큼 말해라. 나도 진심이다."

근엄한 표정이 나왔다.

기업체들이 돈 빌리러 왔을 때나 보이던 표정 같은.

하지만 나는 이미 그 수준을 한참이고 넘어섰다.

슬슬 각자의 포지션을 알려 줄 때인가?

“거 푼돈 가지고 되게 끙끙대시네.”

“뭐?! 푼돈?!”

펄쩍 뛰나 나는 시선도 안 마주치고 국화차를 음미했다.

그러자 더 열 받았는지 언성을 높였다.

“이 자식이 뭐 푼돈?! 내 평생에 이룩한 돈을 감히 푼돈 취급해?!”

“왜 그렇게 화내세요?”

“내 목숨 같은 돈이 푼돈이라는데 너 같으면 화가 안 나겠냐?!”

“체통 좀 차리시죠.”

“뭐?!”

“여기가 막장도 아니고 곱게 차려입으시고 왜 여기만 오시면 이렇게 소란스럽게 구세요. 그리고 제가 틀린 말 한 것도 아니에요. 할아버지한텐 거금일지 몰라도 이제 저한텐 푼돈이에요. 푼돈.”

“네, 네가 그렇게 돈이 많아?!”

“지금도 계속 불고 있죠. 앞으로 5년만 더 지나면 할아버지 돈은 껌값이 될 정도요.”

“……!”

정말로 그랬다.

킴벌리클라크만 보더라도 91년 1분기 들어온 로열티가 4억 달러에 달했다. 1년에 16억 달러.

다른 돈도 있었지만 무선 통신 시장이 커지는 순간 어떻게 될까? 한국의 초고속 인터넷 시장은 또 어떻고.

사채 수준으로는 이제 나와 어깨를 나란히 할 수 없었다.

"잠자코 기다리세요. 모든 일에는 때가 필요한 거 모르세요? 지금 당장 제가 어떻게 하라고 시킨들 할아버지가 듣겠어요? 그 고집에요?"

"그래서…… 지금은 말해 줄 수 없다?"

"기다려 보세요. 제가 처방을 내렸을 때 효과가 있는지는 그때 가서 판단하시고요. 거 진중하게 좀 계시지. 바쁜 사람 잡아 놓고 호통이나 치시고. 이러니 왜 오시냐고 물을 수밖에 없잖아요."

이 말을 끝으로 함흥목은 찍소리도 못 하고 돌아갔다.

당최 믿을 수 없다는 표정이긴 하나 나에게 눌린 건 현실이다.

돈이 총이고 돈이 명예고 돈이 생명인 그가 돈으로 눌렸으니 인생 전부가 부정당한 것이나 다름없었겠지만 그런 걸 다 일일이 챙겨 줄 순 없었다.

나는 바빴고 내 바쁨에 그는 해당 사항이 없었으니까.

그러던 와중 소련의 고르바초프가 제주도에 왔다는 소식이 들려왔다.

세계 언론에서 특히 일본에서 한국이 이러다 소련 쪽에 가담하면 어쩌냐는 우려가 나왔으나 오히려 미국 정부는 이번 한소회담에 대해 '한국 정부가 사회주의 국가와 관계를 개선하는 것을 지지하며 한국의 북방 정책도 환영한다'는 원칙적인 입장을 냈다. 미 언론과 외교 소식통 또한 고르바초프의 한국 방문을 '획기적인 사건'이라는 제목으로 소개, '놀랄 만한 외교적 쿠데타'라고 평가를 해 댔다.

그러나 고르바초프는 4시간만 회담하다가 돌아가기로 한 계획과는 달리 하룻밤 묵는 쇼까지 벌었다.

이번엔 우리 언론이 난리 났다.

한국과 소련의 장밋빛 청사진을 그리며 대서특필했고 모두가 1면에서 이 사실을 알렸다.

국민도 어리둥절했다.

이때만 해도 소련은 난공불락의 거성, 무시무시한 괴수들이 설치는 공산주의의 원천, 미지의 땅이었건만 그 나라의 수장이 옆집 놀러 가듯 우리나라에 와 있다니…… 그 사실을 받아들이기 힘들어했다.

"신기하네. 어떻게 소련 서기장이 우리나라엘 다 오냐."

"글쎄 말입니다. 이런 걸 상전벽해라고 하나요? 서로 총부리 겨누던 게 어제 같은데 세상이 많이 변하긴 변했나 보네요."

"그렇지. 뽕나무밭이 바다가 될 정도로 몰라보게 세상이 바뀐 거지. 우리 때만 해도 소련은 무조건 무찔러야 할 적이고 생각만 해도 무서웠잖아."

"고문님 때만 그랬나요? 우리 때도 그렇죠."

50년대 생, 60년대 생이라면 모두가 공감하는 얘기였다.

이학주와 도종민도 또한 그랬다.

"그런가? 하여튼 나는 막 살이 다 떨린다. 작년에 우리 대통령이 모스크바에 간 게 잘한 일이긴 했나 봐."

"저는 긴장돼요. 사고나 안 터지면 좋겠는데. 이러다 무슨 일이 벌어지면 어떻게 해요?"

"무슨 재수 없는 소리야. 퉤퉤퉤. 그런 말 함부로 하면 안 된다고."

"알았어요."

자기 입을 막는 도종민이었다.

"근데 왜 왔대?"

"……저야 잘 모르죠. 북한도 들르지 않고 곧장 왔다잖아요. 신문에선 이제 우리와 손잡으려고 한다는데."

"도 실장도 그런 생각을 해?"

"다른 이유가 없잖아요. 서기장이 직접 올 정도의 사안이 뭐가 있나요?"

두 사람의 대화가 재미있어 잠시 듣긴 했지만, 그리 귀담아들을 얘기가 아닌지라 총괄실에 들어가려 했다.

오늘 하루 일정도 빡빡했으니.

하지만 몇 번 나와 이런 일을 자주 논해 봤던 이학주는 이런 나를 놓치지 않았다.

"장 총괄."

"예?"

"이리 와서 문제 풀이 좀 해 줘 봐."

"뭘요?"

"들었잖아. 소련 방한 말이야."

"아~ 그거요? 저도 별로 할 얘기 없어요. 온 거고 만난 거 잖아요. 저 바빠서 들어갈게요."

"에이, 그러지 말고. 김 실장도 없는데 시간 좀 내줘 봐. 내가 분명히 봤거든. 피식 웃은 거. 그거 뭔가 알고 있다는 거잖아."

"제가요?"

"그만 모른 척하고 알고 있는 게 있으면 좀 풀어 주고 가. 그 양반 대체 왜 온 거야?"

"혹시 알고 있는 게 있으십니까?"

도종민까지 붙자 정은희도 귀를 쫑긋 세우고 나를 향했다.

어쩔까나⋯⋯.

"흠⋯⋯. 이게 그렇게 궁금하세요?"

"장 총괄은 안 궁금해? 고르바초프잖아. 소련의 서기장. 소련의 대빵이 우리나라에 온 거라고."

"서기장이 아니고 이제 소련 대통령이에요. 그리고 그게 뭔 대수라고요. 돈이나 빌리러 왔겠죠."

"엥? 돈 빌리러 왔다고?"

"에이, 설마."

"걔들 지금 엉망이에요. 오죽했으면 독일 통일하는 것도 못 막고 이라크 전쟁도 지켜보기만 했겠어요?"

"갑자기 이라크가 왜 나와?"

"우방 중 하나인 이라크가 다국적군에게 두들겨 맞아도 한마디도 못 했잖아요. 세계가 이제 미국 위주로 돌아가게 된 걸 개들도 인정한 거라고요. 무릎 꿇은 거죠."

"이게 갑자기 그렇게 되는 거야?"

"70년대만 해도 누가 감히 소련을 건드려요? 동생들 맞고 다니는 거 지켜보는 형 봤어요? 독일 통일은커녕 이라크를 건드렸다간 세계 대전이 일어났겠죠."

"그런가?"

다들 입을 떡 벌린다.

그러고 보면 나도 신기하긴 했다. 저 소련의 대장이 우리나라에까지 와서 아쉬운 소리를 해 대고.

"이 시점 저는 고르바초프가 우리나라에 온 게 중요한 게 아니라 어째서 우리는 통일시켜 주지 않느냐는 게 불만이에요."

"뭐, 통일?!"

"갑자기 또 웬 통일이요?"

"독일도 했잖아요. 소련도 눈감아 준 마당에 미국이 마음만 먹으면 통일은 순식간 아니겠어요?"

"그게 정말이야?"

왜 아닐까.

"이 시점 우리 통일을 막는 나라는 두 나라밖에 없다고요. 미국과 일본. 뭐, 이것도 저 중국의 국력이 강해지면 세 나라가 될 테지만. 소련은 우리가 통일되면 오히려 득이 될 나라거든요."

“아니, 이게 무슨 소리야? 갑자기 통일이 나오고. 미국이 우리 통일을 막는다고? 말도 안 돼. 미국은 민주주의를 수호하는 나라잖아.”

“미국의 순수는 레이거노믹스에서 끝났고요. 앞으로는 쭈욱 경제 논리가 이 세상을 지배할 거예요. 미국 입장에선 우리가 분단돼 있어야 무기도 팔고 극동 지역의 영향력을 지속시킬 수 있잖아요. 일본 애들이야 우리 잘되는 꼴은 절대 못 보니 막는 거고요. 아니, 오히려 전쟁이 일어나길 빌고 있을 거예요. 그래야 전쟁 특수를 노리죠.”

“뭐 이 씨벌. 아, 미안. 나도 모르게 욕이 튀어나왔어.”

“괜찮아요. 저도 가끔 욕해요. 상황이 점점 더러워져서.”

고르바초프가 온 것에 대한 풀이를 원했는데 갑자기 통일 얘기에, 전쟁에, 욕까지 나오니 본부가 조용해졌다.

알고나 있으라고 던져 준 건데 너무 심화편이었나?

나도 알았다. 내가 이런 말을 한들 변할 게 없고 세상은 어차피 그렇게 흘러갈 걸.

‘그래도 화나는 건 화나는 거니까.’

그런 측면에서 살짝 흥취가 돋긴 했다.

집중력이 상당한 수준으로 오른 이때 돌을 던지면 어떤 일이 벌어질까.

예언 아닌 예언을 하였다.

“소련은 이제 얼마 남지 않았어요. 곧 해체될 거예요.”

"뭐?!"

"소련이 해체된다고요?"

"말도 안 돼."

"해체되고요. 아마도 옛날 러시아로 돌아가겠죠."

"그게 정말이야?!"

"허어……."

"세상에, 소련이 해체되다니."

"근데 소련이 어떻게 해체돼요? 소련이란 나라가 사라지는 거예요? 저는 들어도 잘 모르겠어요."

정은희도 끼어들었다.

이학주가 답답한지 자기가 설명했다.

"이름부터가 소비에트 연방이잖아. 소비에트. 노동자·농민·병사의 대표자로 구성한 평의회."

"……?"

"프롤레타리아 독재 정권 아래 뭉친 연방. 연합체. 소련."

"아아……."

"그 연합체가 해체된다잖아. 다시 열 몇 개 나라로 쪼개진다고."

모두가 필요 이상으로 흥분했다.

정리가 필요했다.

"쪼개진다고 해도 크게 달라지는 건 없어요. 러시아가 대부분을 승계할 테니까요."

"그런가?"

"의미가 다른 것뿐이죠. 근 100년을 대립했던 이데올로기, 공산주의 사회주의가 비로소 자본주의 민주주의에 패배를 인정한 것이니까요."

"으으음……."

이학주에게서 못마땅한 표정이 나왔다.

"왜 그러세요?"

"다시 물을게. 정말 소련이 해체되는 거 맞아? 나 놀리는 거 아니고?!"

"예, 맞아요. 해체 수순을 밟고 있죠. 왜요?"

"허어……. 진짜 그 소련이 망한다고?"

"서방 세계가 제시한 200억 달러 규모의 차관이 무산됐어요. 미국도 찔끔찔끔 차관이나 해 주고 할 수 없이 일본에 손을 내밀었지만 시큰둥, 개무시당하고 우리한테까지 내려온 거죠. 탈탈 긁어 봤자 겨우 10~20억 달러 정도밖에 못 빌려 줄 나라에 말이에요. 그 정도로 절박해요. 소련은."

"돈이라면 작년에도 빌려줬잖아. 30억 달러인가?"

"그렇죠."

한국과 소련은 1990년 수교 기념으로 30억 달러 차관을 약속한다. 소련 내 쿠데타 등 여러 문제가 겹쳐 실제 집행은 15억 달러 정도에 그쳤지만 이도 무시할 금액은 아니었다.

이후 소련이 해체되고 공중에 붕 뜰 뻔한 차관이 러시아가

소련을 계승함으로써 겨우 살아남았고 한국은 급히 회수하
려 하지만 언제 힘없는 놈에게 빌린 돈을 순순히 갚는 힘 센
놈을 본 적 있던가?

차일피일. 미루고 미루고 또 미룬다.

결국 러시아는 현물……. T-80U라는 전차와 무기 몇 개,
KA-32T라는 산악용 소방 헬기로 갚겠다고 한다.

아무짝에도 쓸모없는, 우리에게 소련이라는 허상의 민낯
을 낱낱이 밝혔다는 점에서는 어쩌면 돈값을 톡톡히 한 무기
가 들어오긴 하는데.

중요한 건 그게 아니었다.

'헬기나 전투기 같은 비행체 종류는 구입 비용도 비용이지
만 유지비가 구입 비용을 가뿐히 넘어서는 게 문제지.'

세계 무기 시장에 완제품이라고 내놓는 것도 전부 오류투
성이었다.

록히드 마틴이나 보잉사, 유럽의 제작사들이 하는 행동이
다 그랬다. 대충 만들어 먼저 팔고 부품, 프로그램, 교육비, 엔
지니어 기술비 등 유지 비용으로 오류를 하나씩 고쳐 나갔다.

구입한 나라는 울며 겨자 먹기로 어쩔 수 없이 막대한 유지
비용을 물고.

이따위 행태를 문제 삼는 국가는 없었다.

이걸 문제 삼는 언론도 없었다.

만들 수 있는 나라가 한정적이다 보니 어쩔 수 없이 나오는

초갑질의 일종인데, 재밌는 건 이들 국가가 모두 UN 상임 이사국이었고 UN 안전 보장 이사회를 쥐고 흔든다는 점이었다.

그렇기에 국방이 불안한 나라는 다른 방법이 없었죠.

싫으면 자체 제작으로 가야 하는데 그렇다고 자체 제작이 쉬운가.

기술력은 둘째 치고 돈 먹은 정치인이, 언론이, 정책적으로 지속적으로 까 대고 검증된 무기를 사자며 떠들어 대면 자체 개발 의지는 무너질 수밖에 없었고 기술 독립은 이룰 수 없는 꿈이 된다.

자주국방의 길은 너무나도 험난했다.

"하지만 돈은 더 이상 못 빌려줄 거예요."

"그래? 어째서?"

"91년 우리나라 예산이 27조예요. 90년에는 22조. 거기에서 4조를 빌려준 거죠. 여력이 없어요."

"아아……."

"문제는 그걸 고르바초프도 잘 알고 있다는 점이죠. 일단 던져 보고 안 되면 말고 정도일 거예요."

"으응?"

"이번 방문으로 노리는 건 따로 있다는 거예요."

"돈 말고 또 있다고?"

"결국 돈이 문제긴 한데. 일단 걸프전으로 자존심이 상했잖아요. 이라크가 망하며 중동의 영향력을 완전히 상실했으니

극동으로 눈을 돌린 거죠. 이곳마저 버릴 수는 없으니까요.”

“우리더러 소련과 손잡자고 달려온 거야?”

뜨악. 무슨 말도 안 되는 소리냐는 표정이 나왔다.

“제가 말씀드렸잖아요. 우리나라는 곁가지라고요. 부화뇌동할 필요 없어요.”

“뭐, 곁가지?”

“우리를 만나며 일본을 자극하는 거예요. 기대했던 경제 협력이 무산됐으니 괜히 우리한테 기웃거리는 거죠. 일본 보라고. 그래서 미국도 가만히 있는 거예요. 크게 달라질 것이 없고 우리가 어떻게 하나 지켜보는 것도 재밌잖아요.”

“잠깐만, 잠깐만, 그러니까 네 말은 고르바초프가 우리를 들러리로 이용하고 있다는 거야?”

“그렇죠.”

“그럼 파투 내야 하는 거 아냐?!”

“아니죠. 우린 우리대로 이용해야죠. 좋은 이슈가 있잖아요.”

“뭐가?”

“UN이요.”

“으응?”

“이번 기회에 UN에 입성해야죠. 고르바초프만 오케이 해 준다면 우리도 UN에 들어갈 수 있어요. 아시죠? 상임 이사국에서 하나라도 반대가 나오면 UN 입성이 불가능해진다는 것.”

별개의 얘기지만 이 조항 때문에 대만이 2000년대에 들어서도 하나의 국가로서 옳게 대접을 못 받는다.

본래 대만은 중화민국이라는 이름으로 UN 창립국이었다.

상임 이사국.

그랬던 나라가 정치·경제적인 이유로 세계가 중국의 UN 가입을 승인하고 열광하자 원수랑은 같은 하늘 아래 못 있겠다며 스스로 그 자리를 박차고 뛰어나와 버렸고 그 덕에 중국은 상임 이사국 자리까지 너무도 쉽게 꿰찼다.

대만으로서는 천추의 한이 될 결정이고 중국으로서는 대만의 목줄을 쥐게 된 사건이자 세계를 상대로 마음껏 깡패짓해도 두려울 게 없는 힘을 얻게 된 일이 됐다.

그러니까 이게 무슨 뜻이냐면,

UN이 무엇이라도 좀 하려고 해도 상임 이사국 중 한 곳만 반대해도 안 된다.

군사적 조치 등 UN의 모든 권한 발동은 상임 이사국의 동의가 없으면 불가능.

'미국, 영국, 프랑스, 중국, 러시아' 5개 상임 이사국 중 하나가 자신의 이권에 따라 거부하면 그 안건은 절대로 통과될 수 없다.

국제 평화와 안전 유지를 위해 설립된 United Nations Security Council(UNSC, 안전 보장 이사회)이 유명무실해진 건……. 일반 가입국들에게 사익 추구 집단이라고 손가락질 받게 된 건 다 이 때문이었다. 그 때문에 UN의 평등성을 위해 안보리를 없애자고 하지만 그게 통과되려면 상임 이사국의 동의를 얻어야 하는데 해 줄 리가 없다.

그렇기에 죽으나 사나 UN 가입이 중요했다.

당시 대만이 UN에 남아 제 목소리만 내 줬다면 중국은 상임 이사국 자리를 승계할 수 없었을 테고 우리 또한 똑같았다.

어찌 됐든 막장으로 흘러갈 UN이라도 혼자 걷는 것보다 그나마 변두리라도 탑승하고 있는 것이 피해가 적다는 것.

우는 아이 떡 하나 준다고.

국제 사회에 제 목소리를 낸다는 건 국제 사회 내에서 외엔 다른 방도가 없으니까.

"그럼 정부가 그걸 협상으로 내놓는다는 거지?"

"그럴 거예요."

"허어……. 정말 UN에 가입하긴 해야 하는구나. 이게 그렇게 중요한 거였어."

"그럼요. 노동자가 노조에 가입하는 이유가 뭔데요. 거기 속해 있어야 그나마 덜 당하잖아요."

"하긴. 가만히 놔두면 기업주가 사람을 아주 노예처럼 부리려 하겠지. 나쁜 놈들. 어! 그럼 UN도 마찬가지라는 거잖아!"

"그렇죠. UN 가입국과 미가입국 사이에 분쟁이 생기면 어떻게 될까요? 똥이 쌓이면 똥파리가 끼는 건 당연하듯 사익을 추구하는 놈들은 어디에나 있겠지만 최소한의 안전장치는 있어야겠죠. 그것 없이 앞으로는 살아남기 어려울 거예요."

"문제구나. 문제야. 그럼 우린 어떻게 해야 하지?"

"똑같죠. 우리가 잘하는 걸 해야죠."

"우리가 잘하는 것?"

"줄타기 외교요. 자원도 없고 땅도 좁고 인구도 적고 이런 나라가 미, 중, 소, 일 가운데에 박혀 있는 거예요. UN에 가입되면 대놓고는 못 건드리겠지만 어디 그놈들이 그런 거 눈치 보나요? 교묘하게 괴롭히겠죠. 앞으로도 계속 억울한 일은 발생할 거예요."

"젠장, 이게 우리나라의 운명이라는 거지? 우리나라는 정말 희망이 없나?"

한탄이 나왔다. 일면 이해 가는 부분이지만 이게 현실.

"20년 정도 그렇게 눈 감고 귀 닫고 입 잠그고 살아야 할 거예요. 조용히 내실이나 다지며."

"허어……. 씨벌, 더는 방법이 없나?"

왜 없어요. 있지.

"그런 후 하나씩 하나씩 잡아 가면 돼요. 세계 1위가 점점 많아지며. 치졸하지 못하면 살 수 없는 세상 속에서도 우뚝 솟으면 돼요. 아주 번쩍번쩍 빛나게요."

"……?"

"세계 1등을 늘리는 거예요. 우리가 금메달에 목매듯 세계 1등을 계속해서 만드는 거죠."

"……."

"세계 1등. 믿기 어려우세요? 당장 우리 오필승만 봐도 세계 1등이 세 개나 있는데."

페이트, 무선 통신, CCTV.

전이라면 상상도 못 했을 세계 1위가 우리 곁에 세 개나 있다.

이학주, 도종민, 정은희도 그제야 눈을 발갛게 물들이며 입을 떡 벌렸다.

"절 믿으신다면 우리나라도 믿어 주세요. 좌충우돌, 문제는 많아도 기어코 궤도에 오를 테니까. 그때까지는 인내하시며 기다려 주세요. 그게 현재를 살아가는 우리의 의무겠죠."

어느 날 슬그머니 날아와 우리 사회에 한차례 광풍을 일으켰던 고르바초프는 마치 관광이나 하러 왔다는 듯 다음 날이 되자마자 조용히 돌아가 버렸다.

시끄럽던 언론도, 앞으로 어떻게 되느니 예측하느라 바빴던 평론가들도 풀썩거리며 떠올랐던 먼지처럼 다시 가라앉았다.

다시 일상으로 돌아가는 듯싶었으나.

기다려 달라던 내 말이 무색하게도 며칠이 안 돼 명지대 학생 강경수가 구속된 총학생회장 석방 요구 시위 중 쳐들어온 백골단의 집단 구타로 숨지는 사건이 벌어졌다.

백골단이었다.

2000년대만 해도 사라진 시대의 그림자가 또 한 번 사고를 친 것.

Chapter 83

Chapter 83

이들의 연원은 의외로 길어서 제1공화국 시절까지 거슬러 올라간다. 보통 자유당에 의해 원외에서 조직된 정치 깡패 집단을 일컬었고 80년대에 들어서며 경찰 시위 진압 부대의 별칭이 된다.

공식적으로는 1985년 서울 시장 명의로 모집된 사복 체포조가 대표적인데.

대부분 무술 유단자에 특전사, 해병대에서 특채, 방독면과 청색 재킷, 흰색 헬멧이 외양의 특징이었다.

특채된 이들인 만큼 전투력은 일반적인 경찰과는 궤를 달리했고 붙잡히는 순간 뼈가 부러지는 건 일쑤, 빈소에 쳐들어가

영안실 벽을 부수고 시신까지 탈취하는 짓도 마다치 않았다.

명령이 떨어지면 최선봉에서 달려가 시위 주동자들을 잡아 무자비한 폭력을 휘둘러 패닉에 빠뜨렸고 기자도 소용없었다. 사다리 위에 올라가 사진 찍는 사람을 발로 차서 떨어뜨리고 무서워 집 안으로 도망가도 소용없었다. 문을 깨부수고 들어가 머리채를 잡고 질질 끌고 나왔다.

남녀 구분도 없었다.

잡히는 순간 죽지 않으면 다행일 정도로 두들겨 맞았다. 그래서 백골단이 지나가면 초토화. 중경상은 일반적.

무용담은 끝이 없었다.

출발하려는 지하철을 세워 유리창을 깨고 난입, 승객을 모조리 체포, 기관사도 왜 출발하려 했냐며 두들겨 패고 도서관에도 우르르 들어가 멀쩡히 공부하던 학생들을 후려 패고 끌고 나오는 등 2000년대로서는 상상하기 힘든 짓을 벌였다.

학생들만의 일도 아니었다. 1990년 KBS 파업 때도 엄청난 활약이 있었다. 여의도 본사로 투입, 조합원들을 무자비하게 폭행해 117명을 연행하였다.

공포의 상징으로 일반 시민들에게도 으름장 놓는 놈들.

방독면을 쓰고 서울역에서 명동까지 대놓고 구보하였고 이걸 목격한 사람도 많았다.

그런 놈들이 살인을 저질렀다.

이 일로 전국이 다시 긴장 상태로 돌입.

분노한 학생들은 들고일어났고 60여 개 대학에서 '고 강경수 열사 폭력 살인 규탄과 공안통치 분쇄를 위한 범국민 대회'를 열었다.

화들짝 놀란 치안 본부가 앞으로 이런 사태가 없도록 시위대를 폭행하지 말라 서둘러 지시를 내렸다지만 소용없었다.

전남대 박승이가 학생회관에서 '노태운 정권 타도'를 외친 후 분신을 감행한 걸 시작으로 5월 말까지 6명이 더 분신하며 분신 정국으로 이어졌다.

사람들이 또 죽어 나가기 시작한 것이다.

"후우……."

가슴이 아팠다.

죽는 이들은 언제나 이렇게 순수한 이들뿐이다.

살아남은 이들은, 그중 꼭대기에 있던 이들은 나중에 자신의 운동권 경력을 앞세워 정치판에 나온다.

2000년에 들어 운동권 출신들이 대거 정치에 흡수되며 소위 운동권 정치라는 것이 시작되는데.

민주화를 위해 투쟁했다는 그들이 정치권에서 한 짓을 보다 보면 기가 막혔다. 운동권인지 적폐인지……. 오히려 적폐보다 더 날뛰던 놈들.

전화 목소리 알아듣지 못한 말단 공무원한테 지랄하던 어느 도지사도 이 시대 자유를 위해 운동했다고 떠드는 사람 중 하나라.

'손오공, 저팔계, 사오정이 있다고 했던가?'

학생 운동도 언제까지 순수하지만은 않았다.

경찰의 진압이 강력해졌듯 시위도 의기와 열정으로만 덤비던 시절은 끝났다.

시작되는 순간 다가오는 진압조를 깨부술 저팔계조가 선봉에 서서 경찰과 맞섰고 사오정조가 뒤를 받친다. 손오공조는 시위대의 머리로 지휘와 지원을 맡아 주변을 통제한다. 중세시대 독전관같이 이탈자가 없게 강요한다.

잡혀가는 건 늘 저팔계조였고 사오정조도 일부.

손오공조는 이리저리 잘도 빠져나간다.

그런 이들이 총학생회 간부가 되어 전국을 호령한다. 서서히 정치인으로 탈바꿈되어 타도하려 했던 세력을 위해 일한다.

이쯤부터는 어느 쪽도 편들어 주기 힘들었다.

죽는 사람만 애석할 따름이었다.

"뭘 그렇게 한숨을 쉬어 대냐?"

"으응?"

"아까부터 한숨만 계속 내쉬네. 무슨 일 있어?"

1학년에 이어 2학년도 같은 반이 된 한태국이었다.

인연이 깊은 놈.

이제는 185cm 80kg. 명실상부 완벽한 성인의 몸을 가진 녀석이라.

나도 180cm가 됐다. 몸무게는 65kg 수준인데 그래서 그런지 한태국에 비해 왜소해 보였지만 경과는 나쁘지 않았다. 이 번 생은 190cm까진 크지 않을까?

"아니다. 아무것도 아냐. 얘기해 봤자 닿을 데도 없고."

"뭔데? 누가 시비 터냐? 어떤 놈이 너를 건드려?"

"웃겨. 반포 중학교 짱 친구를 누가 건드려."

"그치?"

"놔둬라. 요즘 생각할 거리가 많다."

"알았다."

내 중학교 시절은 원래 중학교 시절보다 편하고 깨끗하고 좋았다.

대구에서 전학 왔다고 평판 안 좋은 이상한 중학교 배정해 본 드 불고 담배 빨고 하루가 부족하게 싸움이 일어나는 학교에 다니지 않아도 되었고 그 와중에 나도 휩쓸리지 않아서 편안했다.

이미 한 번 겪었다지만, 이곳 서울은 중학생부터도 일대일의 낭만이 없었다. 부모의 능력까진 끌고 오는 건 나중이라도 나름대로 뒷배를 활용할 줄 알았다. 누구를 아느니 어떤 형을 아느니 하는 것들 말이다.

많이 영악하고 치졸하다.

그런 면에서 반포 중학교는 물갈이가 완전히 되어 조용했다. 교장부터.

"근데 미팅 안 할래?"

"웬 미팅?"

“세화여중 애들이랑. 요 앞에 생긴 맥도널드에서 할까 하는데.”

“세화여중?”

세화여중이라면……!

“너 뭐야? 연주가 또 뭐 시켰냐?”

“세화여중에 연주밖에 없냐?”

“그럼?”

“할래 말래?”

“넌 내가 할 것 같냐?”

미팅이라면 소싯적에 50번도 넘게 했다. 자식아.

한때 주말에 미팅 못 나가면 금단 현상에 걸렸다. 이놈아.

아마추어 자식이 감히 누굴 간 봐.

“왜? 왜 안 한다는 건데?”

“이 자식이 내가 미팅 나가는 순간 어떻게 되는 줄도 모르고 막 밀어붙이네.”

“어떻게 되는데?”

“너 얼굴이 신문에 대문짝만하게 나오고 싶냐?”

“……!”

“내가 미팅했다는 게 알려지는 순간 선데이서울 이런 데서 막 찾아올 텐데. 감당되겠어? 엄마는 네가 미팅하는 거 알아?”

“아이씨. 알았어. 연주가 너 꼭 데리고 나오라 해서 그런 건데.”

최연주 아바타.

"그러면 같이 만나. 자식아. 이상하게 미팅 같은 거 하지 말고."

"연주가 새로운 맛이라······."

"뭐라고?"

"아이, 맨날 체육관에서만 보니까 그렇지. 넌 늦게 오고 자연 농원이라도 한 번 가자 해도 대답도 없고."

"······그런가?"

"뭘 그런가야? 학교 끝나고 떡볶이라도 먹을라치면 회사 간다고 먼저 가 버리고. 축구도 한 판 못 했잖아."

"······."

살짝 미안하긴 했다. 그동안 워낙에 바빴으니까.

어떻게 해 줄까?

주변에 무엇이 있나 슬쩍 돌아봤다.

지금 한창 골든컵을 받느니 마느니 하는 신승후라도 불러줄까? 아니면 슬슬 입소문이 도는 김현신을 불러 '내 사랑 내 곁에'라도 들려줄까?

그러다 번뜩.

"그럼 미팅 같은 거 하지 말고 내가 거하게 한 번 초대하는 건 어때?"

"초대?"

"부자 친구 찬스 쓰는 거지."

"너 부자야?"

전혀 모르는 표정이 나온다. 자존심 상하게.

"나 겁나 부자야. 새꺄."

"웃기고 있네. 지가 부자라 봤자 얼마나 부자라고. 막 정주연도 이기고 그래?"

코웃음 친다.

정주연이면 현도그룹 회장이다.

왕회장.

상대가 세긴 하지만 모르긴 몰라도 현금으로는 내가 원톱 찍을 자신이 있었다.

"그럼."

"지랄."

개소리하지 말라는 표정이다.

진짜 자존심 상하게. 다 보여 줄 수도 없고.

"사실을 얘기해 줘도 안 믿어요."

"웃기지 말고. 초대는 너희 집에서 하려고? 미팅이 생일잔치냐?"

"아니, 할머니들 힘들게 어떻게 집에서 하냐? 다른 데서 해야지."

"어디로 가려고?"

"초대하면 올 거야?"

"연주한테 말해 볼게."

최연주 꼬붕.

"그럼 그렇게 해 보든가. 아니, 이럴 게 아니라 우리 반 애들 죄다 데리고 갈까? 연주네도 다 데려오라고 하는 건 어때?"

"반팅하자고?"

"반팅이든 뭐든."

"그렇게 많이 갈 수 있는 데가 있어?"

"있쥐."

호텔 가온.

성황리에 영업 중이라지만 하루 정도는 예약을 빼도 되지 않을까?

20채밖에 안 되는 단점이 있지만 대충 붙어서 자면 괜찮을 것 같기도…….

으음…….

"이거 나도 장소를 물어봐야겠는데. 언제가 괜찮은지."

"알았다. 이따가 체육관에서 연주에게 물어볼게."

"그래, 천천히 만들어 보자."

학교가 끝나자마자 홍주명이 있는 가온으로 갔다.

나의 도착 소식에 홍주명은 얼른 로비로 뛰어나왔는데 모습이 아주 힘찼다. 지켜보는 내가 다 힘이 솟을 만큼.

"어서 오십시오, 총괄님. 미리 연락이라도 주고 오시지요."

"아니요. 갑자기 대표님이 보고 싶어서 왔어요."

"허허허허허, 그러십니까? 어서, 어서 안으로 드시지요."

홍주명이 안내한 곳은 로비와 붙은 3층 전각 꼭대기였다.

호텔 가온의 수뇌들이 있는 곳.

내오는 음료도 오미자청으로 만든 것에 주전부리도 호두를 곶감으로 말아 만든 것이다. 고급지게.

"어쩐 일로 이렇게 오셨습니까?"

"실은 여쭤볼 게 있어서요."

"무엇입니까? 우리 총괄님이 궁금한 것이요."

자초지종을 말했다.

여태 한 번을 챙겨 주지 않은 것 같다며.

"그러십니까? 오호호, 이거 큰일이로군요. 이만저만 체면이 상하는 게 아닙니다."

"아하하하, 그런가요?"

머리를 긁적.

"걱정 마십시오. 총괄님이 절친하게 여기시는 분들이시라면 마땅히 자리를 마련해야지요. 정 비서, 예약 스케줄을 가져오세요."

"예."

한복을 곱게 차려입은 분이 예약 스케줄 표를 가져다주었다.

"흠, 5월 18일이면 어떨까요? 이 날은 가온에서 예약을 받지 않겠습니다."

"그래도 될까요?"

"그럼요. 총괄님이 원하시면 그날부터 영원히 안 받아도 되겠지요. 그나저나…….”

“예.”

“일회성입니까?”

“일회성이라뇨?”

“한 번으로 끝내실 생각이시냐는 거죠.”

무슨 얘기지?

“잘 못 알아듣겠어요.”

“이참에 교육 프로그램을 하나 마련해 보시면 어떻겠습니까?”

“교육 프로그램이요?”

“우리 전통에 관한 이해 정도가 어떨까요? 아직 제 뜻을 모르시겠습니까?”

“아……!”

현재 우리나라에서 전통 하면 호텔 가온을 빼놓고는 이야기가 안 될 정도였다.

홍주명의 생각은 아마도 교육 과정에서 고유의 전통을 체험하게 해 주는 게 어떠냐는 것 같은데.

아주 좋은 생각이었다.

“학교까지 찾아가는 서비스를 해 볼 생각입니다. 그중에서 모범적인 친구들로 뽑아 하루 정도 가온에서 연수하게 해 주는 것도 고려하고 있습니다. 그것만도 우리 역사와 전통에 대한 이해가 아주 폭넓어질 테니까요.”

“좋아요. 멋져요. 어떻게 이런 생각을 하셨나요?”

"요 근래 생각이 많았습니다. 성옥연 고문님도 있고 현재
는 문제가 없겠지만, 언제까지 호텔 가온이 이런 모습을 유지
할 수 있을까 하고 말이죠."

"으음……."

"결국 전통이란 사람이 이어 가는 게 아니겠습니까?"

"자주 드러나게 하여 관심 있는 이들의 참여를 유도하겠다
는 거군요."

"아직 구체적으로 말씀드리지는 않았지만 성옥연 고문님
의 생각도 별반 다르지 않을 거라 봅니다. 저는 일단 이 일이
그분의 삶에도 큰 원동력이 될 거라 믿고 있습니다."

"아……."

전혀 생각 못 한 부분이었다.

우리 집에서 함께 사는 것만으로 나는 만족했다.

곰곰이 생각할수록 단지 같이 사는 것만으로는 충족이 안
될 것들이 있을 것 같았다.

안정은 얻었을지언정 그게 삶의 원동력이라 할지는 미지
수였으니.

우리 할머니야 나의 성공이 곧 본인의 성공이니 그럴 수 있
다지만, 성옥연 할머니는 출발선부터가 달랐다. 완전히.

"여쭤봐야겠네요. 진지하게."

"그게 좋겠습니다. 그럼 이 부분은 총괄님께 전적으로 맡
기겠습니다. 다음부터는 제가 맡지요."

"고마워요. 미처 돌보지 못한 부분을 짚어 주시고."

"그런 말씀 마십시오. 총괄님은 전체를 보서야 하지 않습니까? 이런 부분은 당연히 저희가 챙겨야지요."

한태국의 미팅 제안이 이렇게나 변화할 줄은 몰랐다.

인생사 무엇이 어떻게 터질지 모른다더니.

진짜 고마웠다.

'태국이 이놈.'

멋진 놈.

'내가 아주 잘해 주마.'

◇ ◆ ◇

성옥연 할머니는 무척 기뻐했다.

정말 그래도 되느냐고 몇 번이나 되물었고 아이처럼 좋아했다.

그렇지 않아도 본인이 죽으면 대가 끊기는 게 아니냐며 '조선궁방록'이라는 책도 쓰고 계셨다며 눈시울을 붉혔다.

흔쾌히 허락을 받은 홍주명은 발 빠르게 주변 초중고와 자매결연. 서울시 교육부에 '조선 전통의 이해'라는 과목을 특활 과목으로 지정받았다.

누가 오든 빗장이 높은 가온에서 학생들을 위한 프로그램을 마련하겠다는데 더욱이 취지도 좋고 비용마저 가온에서 해결하기로 한다는데 막는 게 더 이상했다.

산뜻한 출발에 자극받은 나는 성옥연 할머니를 조금 더 높여야겠다는 마음을 먹었다. 최소한 한국의 명사 수준으로.

그러기 위해선 조선 최후의 상궁이라는 타이틀만으론 부족했다.

살아 있는 인간문화재로서 인정을 받으려면 더 큰 명성이 필요했고 더욱더 사람들에게 알려져야 했다.

김연을 통해 교양 프로그램 PD를 섭외, 추후 학생들의 수준이 높아지면 다큐멘터리까지 찍을 수 있도록 지원을 약속하며 성옥연 할머니 띄우기에 들어갔다.

동시에 할머니가 짬짬이 쓰던 '조선궁방록'의 집필을 도울 인재들을 모집했다. 50명이 넘는 사람이 지원했다. 그중에는 할머니가 아는 얼굴도 있었고 서로의 손을 부여잡고 우는 것도 봤다.

당초 계획은 열 명 내외였으나 어쩔 수 없어 웬만하면 다 채용했다. 그 수가 38명.

즉시 호텔 가온 소속으로 '가온 전통문화 연구회'를 출범, 초대 회장으로 성옥연 할머니를 추대하고 기타 조직을 갖췄다.

하늘 다리를 건너 동편에 건물을 올렸고 종이, 염색, 요리, 예악, 복식 등 각 분야에 걸쳐 연구와 증거물을 남기게 하였다.

자료가 될 만한 고서적을 사들였으며 이외 고려 문화에 대해서도 정통한 사람이 있다면 이유 불문 채용하여 설화나 전설이 아닌 증거를 남기게 하여 할머니를 뿌듯하게 했다.

그런 와중 최연주네 반이랑 우리 반도 5월 18일 가온에 초대받아 하루를 즐겁게 묵었다.

한태국은 나의 상상 이상의 재력에 놀라움을 감추지 못했고 나중에 가온에 취직시켜 주면 안 되냐고 밤새 나를 괴롭혔다.

안 돼. 넌 완벽한 로드매니저 감이야. 쿠쿠쿡.

"이제 일해야죠."

"예?"

"두어 달 잘 쉬었잖아요. 슬슬 움직일 때가 되지 않았나요?"

"그렇긴 한데……."

또 무슨 일을 시키려고 멍석을 까나? 두려운 눈빛을 띠는 정복기를 두고 나는 오필승 테크의 현황부터 나열하였다.

"뉴비전 사업은 어떻게 되고 있나요?"

"아……. 독일에서 가장 반기고 있습니다. 유럽 전체의 독점을 인정해 달라는데 보다시피 온전히 인정해 줄 수는 없는 노릇이라 일단 독일 독점만 생각하는 중이랍니다."

"좋은 방향성이네요. 나라별로 하나씩 잡아도 전체를 지배하는 건 시간이 걸리니까요."

CCTV 사업은 로열티로 가기로 정했다.

독점 5%, 사업권 3%.

해외 사업은 DG 인베스트가 모두 총괄, 매달 현황을 보내오고 있었다.

“미국도 그렇고 감시의 중요성을 인식한 곳은 모두 DG 인
베스트의 문을 두드리고 있는데 문제는 우리나라입니다.”

“왜 그러죠?”

“도통 움직일 생각을 안 합니다.”

“왜 그런 거죠?”

“딱히 대답도 안 해 주고 빈정거리기나 해서 접어 둔 상태
입니다. 국가 납품만 되면 은행 등 필요한 곳에 들이밀기가
편할 텐데 말이죠.”

한번 알아볼까 하다가 생각을 접었다.

전화 한 통이면 깨끗이 해결될 문제나 이런 것에 쓰기엔 전
화 자체가 너무 무거웠다.

“인원을 늘려야겠네요. 영업을 뛰려면.”

“안 그래도 윈도우 3.0 때문에 여기저기 문의가 넘치고 있
어 대단위로 사람을 뽑아야 할 것 같습니다.”

“전체로 얼마나 필요할 것 같나요?”

“오필승 테크는 크게 세 가지 사업을 합니다. 통신업, 윈도
우 독점 판매, CCTV. 점차적으로 늘려도 200명 단위는 돼야
돌아갈 것 같습니다.”

이것 때문이었다. 오늘 정복기를 보자 한 이유.

사세는 점점 커지고 있는데. 그래서 한 층을 전부 독점적
으로 사용하게 했음에도 부족한 감이 있었다.

정복기가 말한 대로 200명대로 간다면 이대로는 턱없었고

건물 전체를 사는 게 옳았다.

상암에서 하는 작업이 아직 궤도에도 오르지 못한 상태인데 벌써부터 부다.

전화기를 잡았다.

"도 실장님 좀 들어오시라 전해 주시겠어요?"

끊은 지 1분도 안 돼 도종민이 들어왔다.

"무슨 일이십니까?"

"오필승 테크에 새 터가 필요한 것 같아서요."

자초지종을 설명, 앞으로 뻗어 나갈 발전상을 위해서라도 지금으로서는 안 됨을 알렸다.

그리고 도종민의 진단은 내 생각보다 훨씬 빨랐다.

"흐음, 시급한 일이로군요. 그렇다고 마냥 옮긴다고 될 일도 아닌 것 같습니다."

"왜 그런 거죠?"

"일의 특성상 그 인원들을 전부 한 빌딩에 모을 필요가 없어 보여서 말입니다. 커버하는 면적만 보더라도 본부에서 전부 처리하는 건 비효율이죠. 서울, 경기 각 지역에 지점을 두는 방법도 고려하는 게 어떨까요?"

"으음……."

괜찮은 방법이었다.

보험회사, 은행처럼 요소요소에 지점을 둔다면 무엇보다 빠른 서비스를 할 수 있다는 장점이 있었다.

하지만 그들의 관리는 다 어떻게 하나?

내 눈빛의 의미를 읽었는지 도종민이 말을 이었다.

"윈도우 독점 판매는 몇몇만 운영해도 될 만큼 집약적이죠. 생산자와 사용자가 그리 멀지 않기 때문인데 CCTV는 잠깐만 들어도 규모가 헤아릴 수 없을 만큼 큰 사업입니다. 그래서 더더욱 첫 단추를 잘 끼우는 것이 중요하죠. 아직 고객이 정해지지 않는 상태에서 무언가를 확정한다는 건 실수를 유발할 확률이 높습니다. 일단 열 명 정도 뽑아 교육에 들어가는 것을 추천해 드리겠습니다. 뭐든 사람이 기본이고 사람이 있어야 일이 터져도 돌아갈 테니까요."

말이 필요 없는 명쾌한 정리였다.

정복기를 보았다.

"어때요?"

"……좋습니다. 제가 마음만 급해 하마터면 실수를 저지를 뻔했습니다. 바른길로 인도해 주서서 감사합니다."

도종민에게 고개를 숙이는 정복기였다.

도종민은 아니라고 같은 식구끼리 잘해 보자는 거니 의견이 다를 수 있다고 정복기를 달랬다.

나는 가만히 지켜보다 정리하면 끝.

"그럼 그 건은 도 실장님이 추천한 방향으로 가기로 하고요. CCTV 재료 수급에는 문제없나요?"

"그 부분은 일찍이 해결했습니다. 일본에서 오히려 안달

났거든요."

CCTV의 생명은 시스템도 중요하지만 뭐니 뭐니 해도 얼마나 잘 찍히냐였다.

즉 렌즈의 품질이 제품의 품질을 좌우했다.

렌즈 하면 일본이고.

"그래요?"

"일본에 부품 구하러 갈 때마다 어찌나 치졸하게 구는지. 접대란 접대는 다 받으면서 찔끔찔끔 물건 떼 주며 생색은 다 내고. 어휴~ 그런 시절을 어떻게 다 견뎠나 싶을 만큼 지금은 융숭합니다."

"고생 많으셨나 보네요."

"일본 애들 자부심은 미국 빼고 만인지상 아닙니까? 강아지 고기 한 점 던져 주듯 그동안은 그렇게 거래했습니다."

"흐음……."

열 받네.

"지금은 다릅니다. 현존 세계 최고의 기술이 아닙니까. 캐논과 파나소식 두 군데와 제휴를 뚫었고요. 재료 수급 또한 안정적이게 됐습니다."

그렇게 힘들게 뚫어 놨는데 한국은 차일피일 미루고.

독일도 유럽도 눈에 불을 켜고 덤비는 마당에.

슬슬 짜증이 올라왔다.

그래도 1도 티 안 나게 하는 내공쯤은 갖춘 지 오래.

"하진태 지사장이 잘해 주고 있나 보네요."

"아주 꼼짝 마라입니다. 특히나 파나소닉 같은 경우 우리 제품을 알아보곤 경비 회사를 따로 세울 정도니까요. 하진태 지사장이 움직이면 자기들이 벌써 환경을 만들어 놓곤 합니다. 독점으로 달라는 거죠."

사람을 잘 뽑았다.

3년 전 봤을 때도 신뢰감을 주더니 앞으로 더 키워 줘야겠다.

"잘됐네요. 무선 통신 사업이 활성화되면 법인으로 승격시켜 줘야겠어요. 더 날뛸 수 있게요."

"능력 포함, 충분한 자격이 있습니다."

현재 오필승 테크의 효자 상품은 무선 통신도 CCTV도 아닌 윈도우였다.

개인 조립 PC까지는 방법이 없다지만 은행, 관공서, 공기업에 들어가는 컴퓨터는 모두 우리에게 로열티를 지불해야 했다.

오필승 테크는 중간에서 수수료를 떼고 DG 인베스트에 보내는 작업을 하고 DG 인베스트는 거기에서 또 수수료를 떼어 마이크로소프트사에 보내는데 이 수수료만도 오필승 테크는 일본 중소기업 중 톱이 부럽지 않을 정도가 됐다.

이럴 때 뉴비전 CCTV가 깔리고 무선 통신마저 장악한다면?

"우리나라도 3년 안에 모든 사업이 그리될 테니 준비해야겠어요."

"그렇습니다."

"그럼, 다음으로 넘어가 ETRI와의 합작은 어떻게 됐나요?"

"ADSL은 이미 완성된 기술입니다. 어떻게 이런 생각을 하게 됐는지 획기적이라고도 할 수 있는데요. 결국 상용화가 문제였습니다."

"그렇겠죠. 그거 하라고 ETRI와 합작을 추진한 거니까요."

"역제안이 들어왔습니다."

"역제안이요?"

"한국 전기 통신 공사와 3자 합작을 하자는 겁니다. 우린 기술을 ETRI는 상용화를 한국 전기 통신 공사는 제반 환경을 제공하기로 하고요."

뜬금없는 제안이긴 하나 예상한 범주 내였다.

그리고 중요한 건 3자 합작이라는 형식이 아니었다.

"지분 비율은요?"

"4:3:3. 저희가 마지막 3입니다."

"30%를 준댔더니 70% 달라는 거네요."

웃음이 나왔다.

내 웃음의 의미를 간파하지 못하고 정복기는 계속 말을 이었다.

"일면 그렇게 보일 수 있겠지만, 실질 투자는 한국 전기 통신 공사에서 맡게 되므로 안전하긴 합니다."

정복기마저 구워삶은 모양이다.

나도 일정 부분 인정했다.

"논리는 나쁘지 않네요. 리스크를 짊어진 자가 더 많이 가져가는 건 자본주의 사회에서 당연한 권리겠죠. 하지만 리스크가 없다는 게 문제 아니겠어요? 우린 성공을 확신하고 우리 스스로도 충분히 진행할 수 있는 일임에도 양보했어요. 제 보기엔 중간에 누군가가 장난질 친 것 같은데……."

"……!"

놀라는 표정이 나왔다.

최소 200명을 거느릴 대표가 겨우 이 정도에 놀라다니 내가 더 놀랍다.

확실히 사업적 영역에서의 정복기는 몇 수 뒤처졌다.

"재검토하세요. 이형준 경영실장을 데리고 다니며 허점을 파악하시고 그들이 싫다면 없는 일로 하세요. 제가 미국에서 5백만 달러나 주고 ADSL 기술을 사 온 건 될까 안 될까의 차원이 아니에요. 무조건 되는 사업이고 돈 되는 걸 알게 되는 순간 덤빌 사람들이 발에 채일 정도 많아질 거라서예요. 잊지 마세요. 우린 이러나저러나 갑입니다."

"……알겠습니다. 제가 부족했습니다."

"그나저나 이거 실망인데요. 이런 식이라면 ETRI와 진행하려 했던 무선 통신 사업도 접어야겠어요. 똥파리들이 너무 붙은 것 같아요."

"저…… 무선 통신도 같이해 보실 생각이셨습니까?"

"결국 통신은 한 묶음이고 애초 이 일 자체가 ETRI가 나라의 발전에 크게 이바지하고 있음을 알아서 기회를 주려 한 것이잖아요. 청와대 말이에요. 잊으셨어요?"

"아…… 아닙니다. 출발부터가 그랬다는 걸 기억하고 있습니다."

"어느새 본말이 전도된 거죠. 초를 친 건 우리가 아니란 말이죠."

"아아, 제가 너무 부족했군요."

"괜찮아요. 너무 자책하지 마세요. 기술 개발과 사업은 전혀 다른 분야니까요. 기술형 CEO가 대부분 이런 식의 실수를 많이 저지르죠. 그 범주일 뿐이에요. 다만 그들과 대표님이 다른 건 제가 있다는 거겠죠."

"후우……. 정말 공부 많이 해야겠습니다. 총괄님이 아니었으면 뭣도 모르고 우리 이익을 빼앗길 뻔했습니다. 앞으로도 더욱 명심하고 움직이겠습니다."

"예, 그렇게 하시면 돼요. 뒤는 제가 있잖아요."

아마도 한국 전기 통신 공사의 누군가일 것이다.

어버버하는 정복기를 상대로 전국을 커버하는 인프라를 무기로 삼았겠지.

우리가 협조하지 않으면 이 기술은 무용지물이다. 그러니 내 말을 따라라.

물론 하드웨어가 중요하긴 했다. 기반 없이는 기술도 없으니까.

그렇다고 끌려갈 생각은 전혀 없었다.

원역사에서도 한국 전기 통신 공사는 헛발질로 유명했고 날아오를 시기에 경쟁자들만 살찌우게 해 줬다.

이번에도 그렇게 될지 두고 보는 것도 재미있을 것 같았다.

"이제 본론으로 들어갈까요?"

"예? 아직도 본론이 아니었습니까?"

"그럼요. 제일 중요한 문제가 남았는데요."

"중요한 문제요? 무엇이 있습니까?"

"복기-1, 복기-2."

정복기 앞에 종이컵 두 개를 엎어서 내려놨다.

움찔.

"총괄님, 어째 본 적 있는 장면 같습니다. 꿈에서도 몇 번 나온 것 같고요."

"맞아요. 디지털 멀티플랙싱에서 무선 통신으로 넘어갈 때 이런 식으로 설명했죠."

컵 두 개의 간격을 천천히 좁혔다.

정복기가 서둘러 컵을 잡았다. 두려운 기색이 역력하다.

"총괄님……."

"이미 멈출 수 없다는 걸 아시잖아요."

"이렇게까지 가야겠습니까?"

"통신업의 양대 산맥이 완성됐어요. 둘 다 뛰어난 무선 통신 기술이긴 하나 한계가 명확하죠."

힘을 줘 컵을 가깝게 했다.

정복기가 다시 힘을 줘 멈추게 했다.

"총괄님, 저 이러다 말라 죽습니다."

"다행히 몇 년이라는 시간이 주어졌네요. 이래도 안 되겠어요?"

3G는 2000년에나 나온다.

"몇 년이나 시간이 있다고요?"

"그럼요."

"정말 몇 년을 주시는 겁니까?"

"전처럼 머리 떡지지 않게 해 드릴게요."

"정말이죠?"

"그럼요."

정복기 팔에서 스르르 힘이 빠졌다.

그 틈에 난 컵을 겹쳐 씌웠다.

"합치세요. 문자 수신이나 겨우 하는 것이 아닌 이메일도 주고받고 사진도 영상도 주고받을 수 있는 기술이 필요해요."

"……."

"복기-3가 완성되면 세계인은 더 이상 추격할 의지를 품지 못할 거예요. 압도적인 존재감. 이것이 바로 우리 오필승 테크가 걸어갈 길이에요."

"……."

"힌트는 아시다시피 복기-1, 복기-2에 있어요. 이 두 녀석을 결혼시켜 장점만 가진 괴물을 만들어 주세요. 복기-3가 완성되는 날 정복기라는 이름은 수십 년 후에도 회자될 만큼 거목이 될 거예요."

"하아……."

긴 한숨과 함께 식어 버린 차를 단숨에 털어 버리는 정복기였다.

"정말 못 당하겠습니다. 저 같은 놈이 가장 원하고 가장 약한 부분이 무엇인지 총괄님은 너무나 잘 꿰고 계시네요. 잡는 순간 어찌될지 알지만……. 도저히 잡지 않을 수가 없습니다. 좋습니다. 이왕 시작한 일. 무선 통신의 아버지로서 끝을 보겠습니다."

"부탁해요."

"부탁이라뇨. 명령해 주십시오. 3평도 안 되는 세운상가 골방에서 라디오나 뜯던 제가 여기까지 올라왔습니다. 미국이고 유럽이고 기술 박사들이 저를 우러러보는 걸 봤습니다. 맞습니다. 이젠 저도 어디까지 갈 수 있는 건지 궁금해졌습니다. 총괄님, 끝까지 함께해 주실 거죠?"

"오필승의 모든 가족은 전부 제 책임입니다."

"그것이면 됐습니다. 알겠습니다. 오늘부터 연구에 돌입하겠습니다."

시작됐다.

오필승 테크의 주춧돌을 쌓은…… 잠시 휴식기를 가졌던

거인이 꿈틀, 드디어 눈을 떴다.

무엇을 해야 하는지 명확해진 눈길은 바라보기에 더없이 명료하고 깨끗하기 그지없었다. 돌아가는 발걸음 또한 둔중하고 굳건하였다.

믿음직스럽다.

아무것도 없는 밑바닥에서 SDMA까지 끌어올린 저력이라.

내가 그를 믿지 않는다면 세상 누구를 믿을까.

"해낼 거예요. 반드시."

◇ ◆ ◇

정원심 국무총리 내정자가 한국외대에서 마지막 강의를 하던 중 학생들에 둘러싸여 밀가루와 달걀 세례를 당했다.

개망신.

그만큼 정부에 대한 학생들의 반감이 심하다는 방증이었으나 정부는 되레 이 사건을 철저히 이용하였다.

사회 불안을 조장하는 무리가 있고 우리 귀한 학생들이 그들에 휘둘리고 있음을 언론을 통해 알렸다. 정원심 총리 내정자도 오랜 시간 교편을 잡아 온 인생 내력을 피력하며 심심한 유감을 밝혔고 민심이 서서히 돌아서기 시작했다.

87년 6월 항쟁 때와는 분위기가 전혀 달랐다. 신성한 교단에서 스승을 모욕했다는 사실이, 그 장면이 전국에 알려지며 전대협은 패륜적인 집단으로 규정, 도망가는 학생들을 숨겨 주던 시민이 오히려 물을 끼얹었거나 소금을 뿌렸고 경찰에 신고하였다.

광역 의회 의원 선거마저 여당이 압승.

기초 의원 선거 때와는 전혀 다른 결과에 야당은 당황했고 학생들도 또한 그랬다.

그뿐이 아니었다.

어떻게 할 방법이 없이 질타당했다.

국민이 노했다.

자기 죄를 모두 밝히며 또 그 죄진 자들을 모두 벌주고 국가와 민족을 위해 오로지 헌신하는 대통령을 만난 국민이었다.

그 국민이 도대체 너희들은 언제까지 시위만 할 거냐고? 시위만 하면 전부 해결되냐고? 정신 차리고 공부나 열심히 하라고 손가락질했다.

이런 와중 조산일보에 '죽음의 굿판을 걷어치워라'라는 분신자살을 맹비난하는 칼럼이 올라왔다. 또 어떤 신부가 서강대 메리홀 강당에서 기자 회견을 열어 '죽음을 선동하는 어둠의 세력이 있다'며 매카시즘적인 종북 간첩 음모론을 제기하였다.

두 사람 다 민주화 운동에 앞장섰던 인물로 간주되던 때라 충격이 컸다.

'학생 시위에 문제가 많구나'라는 인식이 생겼고 학생 시위가 어째서 분신자살 같은 것으로 이어지는지 의문을 품게 되었다.

여론은 점점 운동권 쪽에 불리하게 돌아갔고 더욱이 시위가 장기화되며 매주 주말 도심이 마비되는 것에 시민들은 피로감을 느꼈다. 결국 협력해 주던 단체들마저 등 돌리는 일이 벌어졌다.

사태가 이 정도까지 흐르자 노태운은 결단을 내렸다.

학생들과 직접 만남을 성사하겠다 발표, 더 이상의 국론 분열을 막고자 하는 의도이니 만나자 했다. 대통령의 이름으로 안전을 보장하겠다며 TV 생중계 자리에 나와라 외쳤다.

헌정 사상 한 번도 일어나지 않았던 대 이벤트였다. 모든 언론이 이 사실을 다뤘다.

그러나 운동권 입장에서는 결코 쉬운 문제가 아니었다.

외통수.

대통령의 제안에 응해도 문제, 안 해도 문제.

가뜩이나 여론도 불리한 와중 응한다면 후폭풍은 어떻게 감당할 테고, 안 한다면 시위 자체에 명분을 잃는다.

게다가 저쪽에서는 대통령이 직접 나섰다. 이쪽도 전국 총학생 회장급 이상이 나가지 않으면 시작도 하기 전에 진 싸움이 된다.

어떻게 해야 하나?

어떻게 해야 이 사태를 풀어 나갈 수 있나?

이러는 동안에도 언론은 자꾸만 국민 앞으로 나와라 외쳤고 숨는 이유가 뭐냐고 정말로 종북 간첩이 관여된 거냐고 매도하기 바빴다.

결국 여러 중대한 위험 요인이 있음에도 전국 총학생회는 제안에 응했고 대표단 셋을 뽑아 방송국으로 향했다.

그 장면이 생중계로 전국에 송출됐다.

거기에서부터도 사회자를 가운데 두고 대통령과 총학생회 간부가 마주 앉기까지 참으로 오랜 시간이 걸렸다.

"총 2시간으로 편성된 이번 자리는 대화합이라는 측면에서……."

사회자가 진행하는 와중 노태운이 갑자기 자리에서 일어나는 돌발 행동을 보였다. 오른손을 들었고 총학생회 삼 인은 혹시나 모를 사태에 대비해 주먹을 꽉 쥐었다. 하지만,

"나 노태운은 국민께서 뽑아 세운 대통령으로서 그 신성한 권한을 행사하고자 이 자리에 섰습니다. 오늘의 대화가 허심탄회하길 바라며 일절 거짓 없이 국민 앞에 말씀드릴 것을 맹세합니다. 결론이 어떻게 날지 예상할 능력은 없지만, 가진 권한 안에서 최선을 다해 엉킨 실타래를 풀도록 노력하겠습니다."

선서였다.

그러나 약속되지 않은 돌발적 행동,

동시에 누구도 제지할 수 없는 명분이 꿈틀댔다.

노태운은 한술 더 떠 총학생회 삼 인이 움직일 판도 깔아줬다.

"부담 가질 거 없습니다. 내는 공직자니까 공직자로서 당연한 의무를 말한 것이고요. 여러분은 공직자가 아니니까 굳

이 할 필요 없습니다."

안 할 수가 없었다.

안 한다면 시작부터 권위와 신뢰도에서 비교된다.

주변 분위기를 본 총학생회장은 한발 늦었다는 걸 깨달았다.

대통령과 학생.

애초 비교 대상이 아니었다.

그걸 저 대통령은 아주 잘 알고 있고 선서 한 방으로 세계의 정상들과 어깨를 나란히 해야 할 대통령이 한낱 학생들을 위해 이렇게까지 움직였다는 인식이 생기게 하였다. 바쁜 와중에도 국론 분열을 막기 위해 움직인 대통령으로, 모두를 굽어살피는 대통령으로, 국민을 사랑하는 대통령으로 말이다.

순식간에 철없는 애송이가 돼 버렸다. 어쩌면 쥐뿔도 모르면서 사회 분란만 조장하는 무리로 몰릴 수도 있겠다.

총학생회장의 어금니가 꽉 물렸으나 그도 알았다.

달리 방법이 없음을.

상대는 거대한 떡밥과 함께 빠져나갈 수 없는 촘촘한 그물을 쳐 놓고 기다렸고 우리는 떡밥에 홀려 걸려든 물고기 신세.

무조건 선서해야 했다.

세 사람은 같이 일어나 최선을 다해 국민 앞에 임하겠다는 다짐을 밝혔다.

사회자는 무척 훈훈한 광경이라는 말로 포장을 했지만, 총학생회장은 등골로 식은땀이 흘러내렸다.

천 길 낭떠러지가 눈앞에 펼쳐지는 기분이라.

자칫 한 발만 잘못 디뎌도 죽음이다.

물론 그 정도 각오는 오기 전부터 했다.

어쩌면 다시는 햇빛을 볼 수 없을지도 모른다는 것도 알았고 모진 고문을 받을 수도 있다는 것도 알았다. 죽을 수도 있었다.

하지만 이렇게 끝낼 수는 없었다.

정신 차리자.

여기에서 잘못되면 혼자만의 문제가 아닌 학생 운동 전체가 매도된다. 모진 목숨 하나 죽느니보다 못한 꼴이 된다.

"준비한 게 많을 텐데 계속 쳐다만 보고 계실 겁니까? 대통령이라고 하릴없이 청와대에 앉아만 있는 것 같지만, 아침부터 밤까지 할 일이 첩첩산중입니다. 조선 시대 임금님들이 왜 그렇게 단명했는지 이해될 정도로요. 하이고, 5년이라 망정이지 10년, 20년 하믄 내부터 먼저 죽게 생겼습니다. 허허허허허."

너털웃음을 짓는 노태운의 말을 얼씨구나 사회자가 받았다.

"격무에 시달리신다는 말씀이시군요. 그런 의미에서 국민께서 궁금하실 것 같은데. 요새 현안 중에 어떤 것이 가장 대통령님을 시달리게 하는 겁니까?"

"저를 시달리게 하는 현안은 사실 전부라 할 수 있습니다. 나라 간 외교도 중요하고 그 나라에서 먹거리를 가져와 우리 기업에 나눠 주는 것도 중요하고 국민 안전을 위해 UN에 우리 입장을 설명하는 것도 중요하고. 아 참, UN 말이 나온 김에 하는 말씀인데 현재 UN 가입국이 159개랍니다. 참고로 아직도 우리는 UN 가입국이 아닙니다. 올림픽 개최국인데도요."

"아……. 그렇습니까?"

"그뿐입니까? 북한, 통일 문제도 봐야 하고 국토 개발도, 국민 생활 보장을 위한 법도 살펴야 하고 이번에 개시한 지방 자치도 옳게 잘되고 있는지 다 봐야 하는데 그래도 지금 제일 중요한 건 우리 학생들 미래가 아니겠습니까?"

"그래서 이 자리가 마련된 거군요. 더 말씀하실 게 있으면 해 주십시오."

사회자가 발언권을 주자마자 노태운은 카메라를 응시했다.

"자꾸 죽어 버려서 헐레벌떡 나온 겁니다. 모름지기 민주사회란 각자의 목소리를 낼 수 있다는 게 가장 큰 특징 아입니까. 시위도 할 수 있고 마음에 안 들면 싸울 수도 있습니다. 물론 거기에 대한 책임을 져야겠지만 어쨌든 그렇게 싸워서 자유를 획득했으면 누려야지요. 왜 자꾸 자기 목숨을 끊습니까? 여러분은 우리나라의 동량입니다. 허무하게, 그렇게 고통스럽게 죽으면 안 됩니다. 제발 좀 죽지 마이소. 도대체 왜 죽는 겁니까? 자유를 얻었잖습니까? 독재 정권을 철폐하고 6공화국을 열었지 않습니까? 그렇게 죽으면 끝입니까? 주변 사람들은 안 봅니까? 아버지, 어머니, 형제들은 눈에 안 보입니까?"

"그건 현 시국이 잘못 흘러가고 있어서 그런 것 아닙니까?

그들의 희생을 의미 없게 매도하지 마십시오."

학생 측에서 반론이 나왔다.

"그래서 죽음이 정당하다?"

"죽음이 정당한 건 아니지만 죽을 수밖에 없게 만들지 않았습니까?"

"누가요? 누가 그들을 자살하도록 만들었습니까? 경찰이 강요했나요? 국가가 죽으라 명령했나요?"

"잘못된 것에 대한 저항의 의지입니다. 그들의 순절함으로 수십만 학생들이 의기를 일으켰습니다."

"순절함이라. 좋은 뜻이죠. 그렇다면 물어보지요. 세상 무엇이 자기 목숨과 바꿀 정도입니까?"

"자유입니다. 잘못된 걸 잘못됐다 말할 수 있는 권리입니다."

"그래서 우리나라가 자유가 없습니까? 잘못된 걸 잘못됐다 말할 수 없는 사회입니까?"

"그건……."

자유가 없다 말하고 싶었지만 그리 말할 수가 없었다. 잘못된 걸 잘못됐다 말할 수 없는 사회도 또한 아니었다.

애초 그런 사회라면 시위조차 못 했을 테니.

그런 사회의 단적인 예가 바로 옆 나라에서 벌어졌다.

천안문 사태.

거긴 탱크로 밀어붙였다. 차로 깔아 버렸다.

필요하다면 운집한 수십만 명도 죽여 버렸을 것이다.

"일제 강점기처럼 나라를 빼앗겼습니까? 아니면 쿠데타가 일어나 나라가 뒤엎어졌습니까? 아니면 제가 집권한 이후 내란이 벌어졌습니까? 제가 나라를 팔아먹었습니까? 설사 그렇다면 절차에 따라 탄핵하면 되지 않겠습니까? 민주주의 사회가 무엇입니까? 6공화국 출범 목적이 무엇입니까? 현 정권이 마음에 안 든다면 투표를 하서야지요. 이번 광역시 의원 선거 투표율이 40% 조금 넘겼답니다. 이게 말이나 됩니까? 여러분이 투표로 정하자 하셨잖아요. 그렇다면 정치인에게 화염병을 던질 게 아니라 투표로 때리서야지요."

"……그렇지만 경찰이 국민을 때려죽이는 것도 잘한 일은 아니지 않습니까? 어떻게 그렇게 무지막지하게 때릴 수 있습니까?"

"맞습니다. 그런 일은 벌어져선 안 되겠죠. 그래서 이 일로 인해 내무부 장관이 경질됐어요. 그 사람도 인생이 막을 내린 거죠. 치안감부터 관련자들도 더는 공직 사회에 발붙일 수 없게 됐습니다. 그 백골단이라는 놈들도 해체되었고요. 직접 손쓴 악질은 다섯이나 구속됐습니다. 한 사람의 죽음으로 열다섯 명이 줄줄이 호적에 빨간 줄이 그어졌죠."

열다섯 명이나 구속됐다는 건 처음 들었는지 조용해졌다.

노태운은 짐짓 화가 난 듯 더욱 기세를 발했으나 표정과 어투만큼은 여전히 부드러웠다.

"경찰서가 불타고 주변 상점이 불타고 부서지고 경찰이 다

치고 한 건 누가 책임질 겁니까? 이 일이 국민의 안녕에 정녕 도움이 됐다고 보십니까? 그렇다면 어째서 우리 국민이 학생 시위를 지지하지 않을까요?"

"그건……."

반론하려 하였으나 노태운이 끊었다.

"하지만 이 자리에서 더는 깊이 들어가지 않겠습니다. 이제 그 얘기는 그만하기로 하시죠. 우리가 싸우자고 이런 자리를 마련한 게 아니지 않습니까? 자, 원하는 바를 말씀해 보세요. 서로 조율하면서 그만 싸우고 모두가 행복한 쪽으로 방향을 틀어 봅시다. 무엇을 어떻게 해 줘야 이 대치를 그만두겠습니까?"

Chapter 84

Chapter 84

말이 끝남과 동시에 카메라가 총학생회 측을 담았다.

시종일관 대통령 위주였다.

속으로 침음성을 삼켰지만 거부는 더 안 된다.

그랬다간 더더욱 국민의 지지를 잃을 것이다.

총학생회장은 할 수 없다는 듯 준비해 온 7개 항을 읊었다.

1. 구속된 민주 인사와 학생들을 석방하라.

2. 학원의 자유를 보장하라.

3. 정당한 법적 절차 없이 체포, 구금, 고문하는 불법 행위를 중지하라.

4. 민주주의 열사들의 신원을 회복하라.

5. 부패 재단을 척결하라.

6. 정보 정치를 폐지하라.

7. 북한과 자유롭게 왕래할 수 있게 하라.

말하면서도 억울했다.

이번 회동은 잘 짜여진 각본이었고 모든 것이 합리를 가장한 압제였다.

탐스러웠던 대통령이라는 떡밥은 결국 누구의 말대로 독이었고 자신은 돌아올 수 없는 강을 건너고 말았다.

끝임을 직감한 총학생회장은 눈을 감았다.

아마도 오늘을 기점으로 전국 총학생회는 유명무실해질 것이다.

그러나 그래도 괜찮다. 처음부터 질 싸움이었지만 이것만이라도 얻어 간다면 충분하다.

"그래, 이것만 해 주면 더는 안 싸우고 공부할 겁니까?"

"국가와 사회가 정당하게 흘러간다면 우리가 싸울 이유가 있겠습니까?"

당당하게 가자.

"흐음, 이상하네요. 내 집권기인 88년부터 작년 1990년까지 한국의 GDP가 100조 원에서 200조 원으로 두 배나 상승했답니다. 내년에는 250조 원 이상 볼 거라던데. GNP도

3,400달러에서 6,300달러로 상승했고요. 잘살고 있다는 건데 대체 무엇이 잘못이라는 건지…… 어쨌든 조건이 나왔으니 하나하나 짚어 봐도 되겠지요?”

“마음대로 하십시오.”

“알았습니다. 먼저 1번 구속된 민주 인사와 학생들을 석방하라. 이거는 사안에 따라 달라지는 걸 아십니까?”

“무엇이 달라진다는 거죠? 모두 억울하게 잡혀가지 않았습니까?!”

저럴 줄 알았다고 옆 간부가 벌떡 일어났으나 노태운은 진정하라고 앉으라 했다.

“아까도 말했지만, 화염병, 돌 맞은 경찰들도 엄연히 귀한 집 자식입니다. 불태운 경찰서는 국민의 세금으로 만들어졌고요. 남을 다치게 했으면 책임을 지는 게 올바른 사회 아닙니까? 그들은 법을 어겼어요. 법을 어긴 이들을 풀어 줄 권한은 대통령에게도 없습니다. 다만 그 사안이 가벼운 이들에 한해서는 사법부에 선처를 바라는 요청은 해 줄 수 있습니다.”

“말도 안 됩니다. 여태 마음대로 잡아가 놓고 풀어 줄 수 없다니요!”

“누가 마음대로 잡아갔다는 겁니까? 잡아간 이들 중 화염병 하나 안 던진 사람이 있습니까? 그것에 관여 안 된 사람이 있습니까? 그렇다면 대통령 사면권을 발동해서라도 구해야죠.”

“…….”

"우리나라는 삼권 분립이 원칙입니다. 입법부가 법을 만들고 행정부가 그 법을 사용하고 사법부는 그 법을 집행하지요. 이럴 때 대통령이 사법부에 명령하면 그토록 미워하던 독재와 다를 게 뭐가 있겠습니까? 설마 그런 걸 바라는 건 아니겠지요?"

"하지만……."

간부 하나가 또 저항하려 했으나 총학생회장이 막았다.

더 나가 봤자 논리의 꼬임만 있을 것이다.

"두 번째 학원의 자유를 보장하라. 예, 보장하겠습니다. 다만 학원에서도 법은 지키시고 학원의 일은 학원 안에서만 끝내시기 바랍니다. 밖으로 나오니까 경찰들과 자꾸 부딪치는 것 아닙니까? 해 주실 수 있겠습니까?"

"……하죠."

"명쾌하네요. 다음으로 세 번째 정당한 법적 절차 없이 체포, 구금, 고문하는 불법 행위를 중지하라. 이미 그러고 있지요. 예전처럼 아무 때나 붙잡아 가던 남영동도 없애고 그런 짓을 했다간 옷 벗는 거로 안 끝납니다. 아시죠? 이전 시대에 전횡했던 이들이 모두 어디로 끌려갔는지."

"……."

"대답이 없는 거로 보아 인정했다고 보고 네 번째로 넘어가지요. 민주주의 열사들의 신원을 회복하라. 그것도 이미 진행 중입니다. 전 건을 재조사 중이지요. 억울하게 당한 게 있다면 행정부가 대신 싸워서라도 보상해 줄 겁니다. 약속해 드리지요."

“……..”

“다음은 부패 재단을 척결하라인데. 이건 두 번째 항목인 학원의 자유를 보장하라와 대치되는 항목 같지 않나요? 도대체 어디까지를 기준으로 삼아야 합니까?”

“그건…….”

총학생회장이 나섰다.

이 문제는 처음 학생 시위에 가담하게 하는 이유인 만큼 정확히 처리해야 했다.

“재단에 일방적으로 유리하게 만든 학칙과 제멋대로인 등록금 인상 문제입니다.”

“학칙과 등록금이라. 그 두 개가 확실합니까?”

“예.”

“그럼 이 작업은 대통령령으로 진행하지요. 앞으로 국가가 공인하는 물가 상승률 이상으로 등록금을 인상하는 대학과 재단에 대해서는 일절 지원을 하지 않겠습니다. 국가의 지원을 받는 대학과 재단은 학칙부터 등록금 문제에 관해서 국가의 승인을 받게 하겠습니다. 이러면 될까요?”

“……예.”

“국가 지원을 받지 않는 대학과 재단에 대해서는 자율성 침해가 있을 수 있으니 국가가 관여 못 합니다. 이도 인정합니까?”

“인정합니다.”

“다음으로 넘어가서 정보 정치를 폐지하라. 얼마 전 보안

사령부가 기무사로 격하됐으니 그 문제를 지적하는 건 아닐 테고 혹시 사복 경찰을 말하는 겁니까?"

"예."

"이 시간부터 전부 철수하겠습니다. 앞으로도 절대 그런 제도를 운영하지 못하도록 하겠습니다. 됐습니까?"

"……예."

"마지막으로 북한과 자유롭게 왕래할 수 있게 하라. 이 부분은 무척 곤란하군요. 현재 남북한은 휴전 상태입니다. 종전한 것이 아니죠. 비록 우리나라가 통일의 기치를 올리고 있다고 해도 이 부분은 넘기기 힘듭니다."

"그렇지만 언제까지 허리가 잘린 채로 있을 수는 없지 않겠습니까? 서독과 동독도 통일했습니다. 민간 부분에서부터 왕래하다 보면 점차 좋은 일이 있을 수도 있는 것 아닙니까?"

"일견 옳은 말이나 신뢰가 안 간다는 게 문제겠죠. 교류한다고 칩시다. 그런데 어느 날 갑자기 길을 막아 버리면 어떻게 되는 걸까요? 올라간 사람들을 무슨 수로 구해 올까요? 그런 일이 일어나지 않는다는 보장이 있나요?"

"하지만 교류가 없으면 통일도 없습니다."

총학생회장이 저항해 보나 노태운의 목소리는 준엄해졌다.

"나는 이 나라의 대통령으로서 국민의 안전을 이야기하는 중입니다. 한낱 가능성에 우리 국민의 생명과 재산을 투입할 수는 없어요. 거기엔 어떤 타협점도 있을 수 없습니다. 알겠습니까?"

"저희는 포기하지 않을 겁니다."

"그렇게 북한에 가고 싶습니까?"

"그런 사람도 있지 않겠습니까?"

"본인이 전체를 대변하는 겁니까?"

"가능성을 말씀드리고 싶은 겁니다."

"포기하지 않겠다는 의지로군요."

"포기할 수 없는 명분입니다."

"그렇다면 한 가지 방법밖에 없군요."

"무엇입니까?"

"대한민국 국적을 포기하십시오."

쿵.

"예?!"

"일제 강점기를 헤쳐 나가 겨우 자리 잡던 우리 국토가 공산당에 의해 초토화됐습니다. 수백만이 죽거나 이재민이 되었죠. 재산상 손실은 이만저만도 아니고요. 그럼에도 북한은 사과는커녕 북침했다 우기네요."

"하지만 통일은 우리가 이뤄야 할 지상 과제……."

"그만! 현실을 보세요. 과거를 지배했던 헤게모니 따위에 더 이상 휘둘리지 말고."

단호한 일침이었다.

물태운, 보통 사람으로 불리는 현직 대통령의 진면목인지 스튜디오에 알지 못하는 기운이 넘쳤다.

순식간에 정적이 흘렀다.

추후 논란이 일 만한…… 정치적으로도 타격을 입을 수 있는 맥락이었음에도 노태운은 추호의 의심도 없는 표정으로 나아갔다.

"1960년! 4·19혁명으로 독재 정권의 수장이던 이승만 대통령이 하야합니다. 이때 하루빨리 국정을 정상으로 돌려야 했던 정치인들이 무엇을 했는지 아십니까? 이합집산으로 분열을 거듭하고 지들끼리 싸우느라 바빴죠. 겨우 출범한 2공화국도 단 10개월 만에 개각을 세 번이나 합니다. 비리나 정책 실패 같은 것 때문이 아닙니다. 정치인들끼리 자기 밥그릇 균형 맞추기였죠. 전국적 시위가 2천 건에 달하며 1백만 명에 달하는 국민이 억울하다 외쳤음에도 나 몰라라 하고."

"아니, 그게 무슨……."

"들으세요!"

"……."

"그렇게 1961년 5월 16일. 군사 정변이 일어납니다. 군인들이 들고일어나 난립하던 이합집산을 쓸어버리고 개선장군처럼 국민에 호소합니다. 정치는 이렇게 해야 하는 게 아니냐고. 실제로 꽤 많은 부분에서 성과를 보입니다. 이것저것 절차 따지고 이익 나누고 할 게 없으니 속도가 무척이나 빨랐겠죠. 그것 때문에 국민적 호응을 얻기도 했습니다. 자신감을 얻은 군부는 아예 개헌을 단행, 직선제를 시행하죠. 정통성이란 명분을 얻기 위해서 말입니다. 그리고 진짜로 승리합니다."

"……."

"그런데 그 과정에서 문제가 생깁니다. 막상 투표함을 까 보니 이것이 끝이 아니라는 걸 깨달은 거죠. 분명 승리했고 3공화국을 열었지만, 뒷맛이 개운하지 않아요. 엉켜 있던 정국을 푼 공로가 있으니 나름대로 확신을 했는데 2위와의 득표차가 1%밖에 안 나더랍니다. 무척 당황하게 되죠."

노태운은 목이 타는지 잠시 멈추고는 준비된 물을 한 모금 마셨다. 아주 천천히.

다시 카메라를 쳐다봤다.

"고민하게 됩니다. 이대로 가다간 다음 대선에서 큰일 나게 생겼으니까요. 국민이 알아주리라 판단했던 것이 오산이었으니까요. 국민은 여전히 자유를 원했고 군부는 어떤 포장을 해도 정변을 일으킨 원죄에서 벗어날 수 없었죠. 정권을 놓치는 순간 어떤 철퇴가 떨어질지 두려워진 겁니다. 결국 가장 잘하는 걸 하자란 결론에 도달하게 됩니다. 그때 벌인 일이 무엇인지 아십니까?"

"……."

"……."

"……."

"……."

"간첩을 때려잡자. 빨갱이를 때려잡자. 국가 혼란을 조장해 버린 거죠. 전쟁의 상흔이 아직도 국민의 가슴에 못 박혀 있을 때 북한이 언제 또 쳐들어올지 모른다며 알게 모르게 숨어 있던 간첩을 색출해 그들에게서 실제로 북한에 남침 계획이 있었음을 토설받습니다. 여기에서 진실은 중요하지 않습니다. 간첩이 잡혔다는 게 이슈이고 그가 토설했다는 내용이 충격이니까요.”

“아…….”

“재밌는 건 북한도 마찬가지라는 겁니다. 사흘 만에 점령 가능하다 자신했던 한국 전쟁이 일치단결한 우리 국민에 의해 실패했어요. 지도력이 흔들릴 수밖에 없죠. 그걸 틈타 부상하는 세력이 있었을 테고요. 이대로 가다간 누구에게 총 맞아 죽을지 모를 단계까지 간 겁니다.”

“…….”

“…….”

“…….”

“…….”

스튜디오가 조용했다.

군부 정치의 마지막 잔재라 욕먹던 존재의 입에서 군부 정치의 시작이 어땠는지 흘러나오고 있었다.

더구나 그는 자신들이 뽑은 대통령이었다.

스스로 과거사 청산을 시작한 자.

그렇기에 신뢰도는 최상이었다.

침 삼키는 것도 삼가며 노태운의 말에 집중해 들어갔다.

"이때 남북한 정상들이 한 짓이 똑같습니다. 외부로 시선을 돌리기. 남쪽은 북쪽이 언제 쳐들어올지 모른다며 우리의 정보를 넘기는 간첩을 잡아 댔고 빨갱이를 죽여야 한다며 캠페인을 돌립니다. 북쪽은 남쪽을 미제의 앞잡이라 선동하며 혹여라도 반대 의견이 있는 자들을 반동분자라고 죄다 숙청합니다. 이게 바로 1960년대를 지배한 우리 역사의 민낯입니다."

"……."

"……."

"……."

"……."

"그렇게 10년이 흘러 새마을 운동에 경부고속도로에 이만하면 국민도 인정하겠지 판단한 군부는 다시 고개를 내밀게 됩니다. 3선 개헌으로 대통령이 선거 출마가 가능해지자마자 1971년 제7대 대통령 선거에 돌입, 이번만큼은 압승을 거두기 위해 국가 예산의 1/7에 해당하는 거액을 선거 자금으로 동원…… 인력과 행정력은 또 얼마나 썼겠습니까? 갖은 수단을 다 썼는데 40대 기수를 내세운 현 야당 대표 김대준과의 표 차이가 제 기억이 확실한지 모르겠지만 70만 표밖에 나지 않게 됩니다."

"……."

"……."

"기가 막혔던 겁니다. 놔뒀다간 다음 대 선거에서는 필패가 예상되었죠. 이럴 때 북한은 또 어떤 실정이었을까요?"

“……”

“……”

“1970년대에 들어 미국과 소련의 분위기가 한결 부드러워집니다. 데탕트라고도 하죠. 미·소 간 긴장이 완화되고 화해 무드가 펼쳐집니다. 세계가 환영하는 가운데 이상하게도 영원한 삼각동맹일 것 같던 북·중·소에서 분열이 일어납니다. 소련과 중공의 사이가 틀어진 거죠. 자기들끼리 싸우고 으르렁. 이때 북한은 엄청난 고립감을 맛봅니다. 소련과 중공만 믿고 까불었는데 그 둘이 싸우면 자기를 지켜 줄 방패가 사라지게 되는 거니까요. 바로 아래엔 그토록 욕했던 미국이 군사 훈련을 하고 있고요.”

반론을 가진 사람도 입을 떡 벌릴 만큼 노태운의 말은 명료했으며 현실감이 넘쳤다.

지켜보고 있던 시청자들도 다르지 않았다.

진짜 역사였다. 그걸 담담히 얘기하는 자가 대통령이었다.

그 시대를 기억하는 이들은 절로 고개를 끄덕였다. 때로는 대포집에서 때로는 역전에서 때로는 집안에서 그런 일이 있었지라고 한마디씩 해 댔다.

“당장 다음 대 대통령 선거가 걱정인 남한과 홀로 고립된 북한. 둘 다 모두 정치적 돌파구가 필요했던 상황이었습니다. 그제야 서로를 보기 시작한 거죠. 무엇이 좋을까? 어떻게 해야 이 난관을 돌파할까? 지난 10년간 어떻게든 물어뜯으려 노력했다지만 따지고 보면 그래서 서로가 서로를 더 잘 알게 되었죠. 판문점에서 만납니다. 이게 바로 7·4 남북 공동 성명입니다."

"말도 안 됩니다. 국토 분단 이후 최초로 통일과 관련하여 합의 발표한 7·4 남북 공동 성명이 그 이유 때문에 생긴 거라고요?!"

총학생회장이었다.

도저히 믿을 수 없다는 표정이 화면에 비쳤다.

그러든 말든.

"그날로부터 우리의 소원은 '통일'이 되었죠. 외세에 휘둘리지 말고 우리 힘으로 우리끼리 통일하자 어깨동무했던 이면에는 결국 이런 추악한 진실이 깔려 있었죠. 정권 유지."

"믿을 수 없습니다!"

"내 말이 맞는지 틀린지는 지금도 살아 계시는 국민이 증명해 주시겠죠. 빨갱이라면 이를 갈고 통일의 '통' 자만 꺼내도 불순분자로 여겨지던 시절이 어느 순간 갑자기 바뀐 때가 있었을 테니까요."

"……."

"이를 설명하려면 여러 가지 환경적, 필연적 요인이 더 첨가되어야 할 테지만. 골자는 이렇다는 겁니다. 남북한 정상이 자기 권력 유지를 위해 국민을, 철저히 이용했다."

쿵.

순간 카메라가 흔들렸다.

노태운도 더 할 얘기가 많았으나 입을 다물었다. 유신 시대, 10·26 사건, 12·12 군사 반란, 5·17 쿠데타 같은 건 비교적 최근의 일이니.

때는 바야흐로 1991년이었다.

한국 전쟁을 기억하는 이가 대다수였고 빨갱이 몰이를 하다가 갑자기 통일을 부르짖은 것도 모두 본 세대였다.

그 일련의 행동이 무엇 때문이었는지 깨달은…… 경악한 국민을 향해 노태운은 다시 돌을 하나 더 던졌다.

"이게 교육입니다. 이게 교육이란 탈을 쓴 헤게모니라는 겁니다. 조금만 잘못 쓰였다간 이렇게나 무서운 음모에 쓰일 수 있는 무기. 저는 그렇기에 이 자리를 빌려 천명하고 싶습니다. 앞으로 우리 대한민국의 교육 이념은 단군으로부터 내려온 홍익인간(弘益人間) 외 어떤 것도 첨가하지 않을 것입니다. 만일 이에 반하는 사람이나 그런 세력이 있다면 그들이 바로 민족의 반역자일 테니 명심하십시오. 그들이 우리 민족을 죽이러 온 외세의 앞잡이입니다."

극화처럼 다뤘지만, 홍익인간을 우리 교육 이념에서 지우려는 시도가 현실에서 있었다.

2020년인가? 국회 의원 몇몇이 교육 개정안을 상정했고 노골적으로 홍익인간을 지우려 하였다.

다행히 통과되진 않았다지만, 통탄할 일이었음에도 이상하게 크게 번지지 않았다. 연예인 헛짓거리 한 건 잘도 잡아

내면서 언론 어디에서도 이를 심각하게 다루지 않았다. 그 국회 의원들도 아무런 제지를 받지 않고.

내 삶이 비록 정치나 사회 문제와 크게 관여되지 않고 변방을 둘러왔다지만 쓸쓸했다.

21세기 문화를 선도하고 기술력으로, 시스템으로, 세계의 인정받는 우리 대한민국이…… 내가 태어나고 내가 자란 나라가 이렇게도 갈 길이 멀다는 걸 그때 많이 알았다.

토론과 합의의 장이 어느새 훈계와 진실을 밝히는 자리가 됐지만, 누구도 이에 대해 이의를 제기하는 사람이 없었다.

호응은 컸고 오히려 노태운만 더욱 환영받았다.

그런 노태운이 끝날 시점 넌지시 던진 한·소 수교 얘기도 이런 맥락에서 출발했다는 걸 나는 알았다.

이 부분은 나중에 신 비서에게 통해 알게 됐는데 뒷얘기가 아주 재밌었다.

1990년 2월 외교관 임명식에서 '모스크바 구경 좀 하게 해 주소'란 말로 시작된 작은 불씨가 실제로 10개월 뒤 노태운이 모스크바 땅을 밟게 된 계기가 됐다는 걸 아는 사람은 아주 적었다.

세계가 놀라며 동서 화합의 위대한 길을 개척했다는 평을 들었던 사건이 1988년 2월 대통령 취임사에서 언급했던 북방 외교의 진짜 목적이었음을 아는 사람도 마찬가지로 아주 극소수였다.

하늘에서 뚝 떨어진 일이 아니었다.

북한과 일본의 필사적인 방해 공작과 노골적인 폄훼에도 불구하고 88 서울 올림픽에 소련으로 하여금 788명이라는 대규모 선수단을 참가하게 만들었다. 80년 모스크바 올림픽의 미국 불참에 대한 보복으로 84 LA 올림픽에 소련이 참가 안 했던 걸 비교한다면 너무나 고무적인 일.

강대국 사이에서 줄타기 외교로 우호적 분위기를 만들어낸 우리 정부는 '북쪽으로 우회해 평양으로 가겠다'란 북방 외교의 바탕을 그렇게 조심히 실현해 갔다.

하지만 1990년 2월 대통령의 오더를 받은 외교부 입장에서는 무척 난감한 일이었다.

느닷없이 소련과 수교하라는 것이 아닌가.

시키니 일은 해야 하는데 오랜 적성국답게 소련과의 접촉 채널을 찾는 건 IOC를 통한 올림픽 참가와는 차원이 다른 문제였다. 민간에서부터 정부 관계자까지 줄 닿는 인맥이 없었고 발등에 불이 떨어진 외교부는 기어코 미국의 재미교포 중에서 어떤 인물이 소련과 닿고 있음을 파악, 그를 통해 소련 비자를 받게 되었다.

승 날아가 노태운의 친서를 전달.

소련과의 수교를 '태백산'이라는 암호명으로 숨길 만큼 극

 잇츠 마이라이프 11

도의 보안 속에 협상을 진행시켰고 1990년 3월 IMEMO(소련 국제 경제 및 국제관계연구소)에 초청된 김영산이 고르바초 프와 만남으로써 급물살을 타게 됐다.

이후 언론을 피해 강남 카페에서 한소 정부 인사가 비밀리에 접촉, 정상 회담을 조율하는 등 열악한 환경 속에서 일을 진행시켜 왔고 결국 미국 샌프란시스코 어느 호텔에서 한·소 정상 회담이 열렸다. 그것도 모자라 한미 정상 회담까지 열어 일본에 외교적 패싱 논란을 일으키게 하였고.

30억 달러 차관 애기가 여기에서 나왔다. 우리는 선 수교 후 경제 협력을 말했고 소련은 선 경제 협력 후 수교를 말했다고 한다.

실랑이의 골자는 수교 시기의 결정이었다. 북한의 눈치를 안 볼 수 없던 소련에서도 이를 두고 말이 많았는데 고르바초 프의 결심이 확고하자 다른 방법이 없었던 소련은 어쩔 수 없이 북한을 설득하는 방향으로 선회하였고 외교부 장관을 평양으로 보낸다.

그러나 이전에는 절대 볼 수 없었던 심한 냉대에…… 대소련의 특사가 왔음에도 북한 정상은 아예 만나 주지도 않았고 외교부장도 그를 거짓말쟁이라며 손가락질해 댄다.

분격한 소련 외교부 장관은 더는 북한을 고려하지 않았고 그리하여 한·소 수교가 결정된 것.

1990년 12월 노태운은 소련의 환영하에 모스크바에 방문하게 되었고 30억 달러 차관을 약속한다.

언론은 돈 퍼 줘서 수교한 것이냐는 비판을 해 댔지만 이를 계기로 소련의 북한 원조가 중단됐고 그간 북한의 주장에 동조하여 반대해 왔던 한국의 UN 가입마저 승인된다.

돈 30억 달러가 싸게 먹힌 것이다.

그뿐인가. 이 사실이 알려지자 동구권 국가들도 하나씩 빗장을 열기 시작했고 정식 수교로 이어졌다.

엄청난 외교적 성과였다.

노태운을 싫어하는 사람도 외교만큼은 까지 않는 이유가 바로 여기에 있었다.

당시로서는 상상도 못 할 업적을 이뤄 냈던 것이니까.

≪에…… 그래서 가슴이 아픕니다. 이 모든 것은 과거의 잔재라. 앞으로 정부는 있는 그대로의 진실만 여러분 앞에 보일 것을 맹세하며…….≫

국민이 지켜보는 가운데 노태운은 이런 멘트로 TV 대담을 마무리 지었다.

우리 한국이 UN에 곧 가입될 것 같고 그 조건이 남북한 동시 UN 가입일 것이라는…… 그래서 적화 통일이니 평화 통일이니 하는 말들이 헛소리였음을 일렀고 이제는 하나의 나라로서 북한을 대해야 한다는 당부까지 하였다.

북한이 UN 가입을 승인받았다는 것은 세계가 이미 북한을 하나의 나라로 인정한다는 뜻으로 우리는 죽도록 통일하고 싶지만, 북한은 통일을 원치 않고 독자적인 길을 걷고 싶어 한다며 무척 애석하다는 표정과 함께.

차후에도 지속적으로 논란이 될 말이었지만 노태운은 아무런 고민 없이 내뱉었고 걱정했던 것과는 달리 칭찬하는 전화가 방송국에 빗발쳤다.

이후 남북한 정세와 통일 문제를 다루는 프로그램이 우후죽순으로 생겨났다.

한국의 근현대사를 재조명하였고 북한에 대해서도 다른 인식으로 봐야 한다는 의견이 나오기 시작했다.

학원 쪽도 다른 바람이 불기 시작했다.

약속한 내용이 긴급 조치 형식으로 이행되며 대학가를 서성이던 낯선 인물들이 어느 순간 사라졌고 대학가마다 진을 치고 있던 경찰들도 더는 모습을 보이지 않았다.

얼굴을 드러낸 전국 총학생회장도 체포하지 않았고 간부들도 그대로 돌아가게 놔뒀다. 그 언저리를 감시하는 사람도 없었다.

약속이 이 정도로 이행되자 학생들도 점차 경계를 풀고 순해졌다.

진실이 무엇인지 밝혀졌잖나. 가해자들이 처벌받는 것도 두 눈으로 봤다.

그것도 모자라 등록금 문제부터 불합리한 학칙까지 개선되었다.

화염병 들 이유가 없어졌고 국적까지 포기하며 북한에 갈 이들은 더더욱 없었다. 더는 싸우는 게 의미 없어졌다.

시민들도 바뀌었다.

누구의 잘못도 아닌 우리 모두가 피해자란 인식이 자리했고 학생들을 보는 시선도 다시 따뜻해졌다.

많은 학생이 도서관으로 강의실로 자기 자리로 돌아갔다.

물론 강성은 어디에나 있듯 여전히 북과 꽹과리를 두드리고 투쟁을 외쳤으나 아무도 눈여겨보지 않았다.

미국에서도 사회주의를 외치는 당이 있듯 민주주의란 모름지기 각자의 소리를 높이는 것이리라.

다른 목소리를 적으로 규정하는 건 사회주의나 하는 짓이니 시끄러운 것 외 거슬리는 건 없었다.

국가가, 사회가 이럴 수도 있을까 싶을 정도로 차분해졌다. 분신자살도 더 이상 일어나지 않았다.

"다행이야. 안정을 찾아서."

솔직하게 나도 이런 생각을 갖고 있었다.

분신이란 본디 억울함이 극단으로 치달은 사람이 어쩔 수 없이 자기 결백을 증명하거나 혹은 누군가를 위해 스스로를 희생하는 최후의 방법 중 하나라고.

고로 생명 경시는 학생 운동에서 나올 만한 성질이 아니고 학생 운동의 끝자락이라도 경험해 본 사람으로서 그들이 평소 어떤 말을 하고 어떤 생각을 하고 어떤 행동을 하는지 지켜봤기에 더더욱 이질적인 느낌을 받았다.

이런 건 있을 수 없다.

물론 나도 변두리 출신이라 깊숙한 건 잘 모른다.

그래도 이상한 건 이상한 것.

경찰서 구금 하루 이틀 정도로 영웅적 허세를 부리는 이들 속에서 나올 일이 아니라는 것만은 확실했으니 더는 이런 일이 벌어지지 않았으면 하는 게 나의 작은 소망이었다.

잘 끝나서 천만다행이라 말하고 싶었다.

"폭풍이 지나간 것 같네."

"예?"

"아니요."

"계속할까요?"

"예."

1집 30만.

2집 10만.

3집 50만.

4집 200만.

5집 10만.

6집 300만.

7집 200만.

8집 CD 700만, LP 300만.

총판매 CD 700만, LP 800만.

매출 1억 2천만 달러.

91년 페이트 상반기 실적이었다.

"4집은 영화 사랑과 영혼, 프리티 우먼 흥행의 힘이 아주 큽니다."

인정한다.

"그렇겠네요. 영화가 아니었으면 다른 앨범처럼 수그러들 었을 텐데."

"애석한 일이지만 판매고만 봐도 확실히 살 사람은 다 산 것 같습니다. 6집은 아시다시피 Smooth가 Record of the Year를 수상하면서 판매가 유지됐고요. 7집은 비교적 생생하 니까요. 조금 더 판매될 여력이 있습니다."

김연의 말이 맞았다.

흥할 때가 있다면 쇠할 때도 있는 법.

1집부터 7집까지는 사실상 끝물이라고 보는 게 옳았다.

영광이란 영광은 다 뽑아 쓴 앨범들.

그렇기에 멈춤을 기다린다.

"CD 매출이 꽤 잡혔네요."

"안 그래도 소니 측이 1집부터 전 앨범에 CD 제작을 하자 는 문의가 들어왔습니다."

CD로까지 재탕해서 판매할 생각인가 보다.

뽕을 뽑으려는 건가?

"CD 분위기가 좋나 보네요."

"확신과 실제가 다르긴 한데 8집은 무서울 정도입니다."

선발매만 CD 500만, LP 200만.

이것만도 상당한데.

단 5개월 만에 추가로 CD 200만, LP 100만 장이 더 나갔다.

"유럽에서 판매 곡선이 빠르게 치솟고 있습니다. Change The World가 독일 통일과 매치되며 엄청난 이슈를 끌고 있는데요. 이지팝 계열이라 그런지 유럽인들도 부담 없이 다가오고 있습니다."

"잘 봐줘서 다행이네요. 편하게 즐기라고 만든 거긴 한데."

오랜만에 만나 보는 청신호라 나도 기뻤다.

안 그래도 주변에서 종종 페이트의 약빨이 다됐다는 등 말이 들리던데 내 이름을 다시 부흥시키려는 건지 Change The World는 뉴스에도 오를 만큼 그 역할을 톡톡히 해 주고 있었다.

"이 정도 흐름이면 1천만 장은 충분히 나가겠어요."

"속도가 붙었으니 더 나갈지도 모르겠습니다. 더구나 CD 아닙니까? 우리 출고가가 2달러나 올랐죠."

LP는 7달러였지만 CD는 9달러였다. 지군레코드가 2달러 중간 마진, 소니 뮤직은 22달러~25달러에 판매 가격을 책정하였다.

다소 높은 가격에도 소장 가치를 따지는 음악 매니아에게 페이트는 묻지도 따지지도 말고 잡아야 할 품목이었으니 또 한 번의 광풍이 불어올 조짐이었다.

"매출이 늘어나겠네요."

"LP 대비 근 30%가 늘어난 격입니다."

"휘유~ 어마어마하네요."

"어떻게, 전 앨범 CD 생산을 허락하시겠습니까? 이참에 페이트 전집 패키지도 기획하고 있던 것 같은데요."

전집 패키지를 듣는 순간 어쩌면 처음부터 이걸 염두에 둔 건 아닐지 예감이 들었다.

"혹시 준비하고 있었던 건가요?"

"그런 느낌입니다. 자켓 디자인도 전체가 통일감 있게 보일 수 있도록 설계되었다 하더라고요."

"머리가 좋네요."

"일단 각 앨범당 1백만씩 접근해 보려 한다는데 어떻습니까?"

"저야 나쁠 이유가 없죠. 진행하라고 하세요."

"알겠습니다. 그리 가겠습니다."

"이제 끝난 건가요?"

대충 끝난 느낌이라 퇴근하려 하였다.

하지만 늘 그렇듯 본론은 가장 늦게 나왔다.

"아닙니다. 실은 오늘 오전에 문의가 들어왔습니다."

"문의요?"

"지군레코드 사장님이 이 건은 총괄님의 의중을 물어봐야 한다며 요청을 잠시 보류시켰다는데요.”

으응?

“무슨 내용인데 말을 이렇게 돌리세요?”

쳐다보니 김연이 씨익 웃는다.

“영화 음악 감독 제의랍니다.”

“영화 음악 감독이요?”

“자세한 내용은 지군레코드 사장님께 들어 보셔야 할 것 같습니다. 지금 오고 계시거든요.”

“아…….”

시간에 맞춰 부른 모양이었다.

잠시 기다리자 밖이 시끄러워졌고 지군레코드 사장이 사무실로 들어왔다.

“오오, 오랜만이야. 요새 바쁘지?”

“그럼요.”

“중학생이 그렇지. 요새도 1등만 하고?”

“뭐, 변화된 건 없어요.”

나는 회귀 보정 받은 걸 깨달은 이래 1등을 놓친 적이 없었다.

비상한 기억력은 전생 현생을 합친 것처럼 나를 업그레이드시켰고 경험해 본 적 없는 높은 경지로 나를 이끌었다. 어떨 때면 나도 내 머리가 컴퓨터 하드디스크인지 헷갈릴 정도.

이런 식의 출력이었다.

무언가 기억하고 싶다면 탁 떠오르는 것이 아니라 당시의 영상이 틀어지거나 책의 페이지가 넘어간다. 보고 읽기만 하면 끝.

머리를 쓰면 쓸수록 그랬고 활용하면 할수록 이런 것까지 기억하나 싶은 숨겨진 디테일까지 다 보였다.

고로 수학의 7대 난제가 아닌 이상 학교 문제 풀이 정도로는 나를 곤란하게 할 수 없었다.

"역시 대단해. 대천재 장대운이."

"사장님도 괜찮으세요?"

"나? 나야 늘 네 말대로 하잖아. 네 말대로만 하면 하등 문제가 없어. 이번에 공장도 CD로 돌렸더니 엄청 잘 돌아가. 물론 오필승 물건이 최고지."

신승후 1집이 80만 장을 넘어 쭉쭉 치솟고 있었다.

이게 다 CD 매출.

참고로 우리는 6천 원에 떼 준다. CD 시중가는 14,000원에서 15,000원 사이.

"이번에 영화 음악 감독 제의가 들어왔다고요?"

"맞아. 김 실장에게 들었구나. 자세한 것도 들었어?"

"사장님께 들으라고 하시네요."

"그래?"

잘했다고 김연을 쳐다본다.

"두 군데야."

"두 군데나요?"

"나도 놀랐어. 며칠 차이로 소니에 연락했나 봐. 소니야 얼씨구나 좋다고 하고."

"어딘데요?"

"워너브라더스랑 디즈니야."

"워너브라더스랑 디즈니라면……!"

번뜩 떠오르는 게 있었다.

A Whole New World와 I Will Always Love You.

애니메이션 알라딘과 영화 보디가드.

느낌이 좋았다.

"얘기를 조금 더 들어 봐야겠네요."

"맞아. 나도 그래서 일단 보류시켰어. 단순히 네 곡을 쓰는
게 아니라 네가 전부 참여해야 하는 거니까."

"관심은 가요."

"그래?"

"다만 어떤 의도인지를 모르겠네요."

"만나 보는 게 좋지 않겠어?"

나도 그렇게 생각한다.

"알았어요. 약속 잡아 주세요."

"그럴까?"

"물론 한국으로 들어오는 거죠? 제가 학교에 다녀야 해서."

"당연하지. 세계 최고의 천재 프로듀서를 맞이하는데 지들
이 와야지. 어딜 감히."

"그럼 사장님께 맡길게요. 잘 상의하셔서 결론만 알려 주

세요."

"오케이. 나한테 맡겨. 내가 곁가지들 싹 치우고 본론만 가지고 오게 할 테니까."

"파이팅."

"하하하하하하, 알았다. 알았어. 그럼 나는 소니한테 연락해야 해서."

지군레코드 사장은 올 때와 마찬가지로 갈 때도 시끄럽게 갔다.

그 모습이 오히려 나를 기쁘게 했다는 걸 그는 알까?

한결같음.

이 양반도 어느새 내 믿음 리스트에 오른 모양이다.

믿어도 될 사람으로.

◇ ◆ ◇

협상팀은 생각보다 빨리 한국으로 들어왔다.

일주일도 안 돼 연락이 닿았고 여름 방학의 시작과 함께 얼굴을 마주하게 되었다.

"만나게 돼 영광입니다. 페이트."

"별말씀을요. 먼 길 오시느라 고생하셨어요."

소니 뮤직은 그동안 부산하게 움직였는데 필요한 정보들을 알아서 보내왔다. 예를 들어, 이번 영화 음악 감독으로 나

외 앨런 실베스트리 같은 인물이 물망에 오르고 있다는 소식을 같은 걸.

앨런 실베스트리는 원래 보디가드의 음악 감독을 맡았던 사람이었다.

백 투 더 퓨처 시리즈와 프레데터 시리즈, 엄마는 해결사 등 1984년부터 이쪽 계통에서 잔뼈가 굵은 사람. 나중엔 박물관이 살아 있다, 어벤저스: 엔드게임까지 맡아 내는 사람.

"각본을 보면 아시겠지만 페이트 뮤직비디오와 상당히 닮았습니다. 소재 자체는 일찍이 많이 사용한 편이나 그래서 더 편안하게 다가갈 수 있다는 장점이 있겠죠. 물론 제작자는 그것과는 상관없이 유의해서 봐야겠지만요."

"그런가요?"

"아시겠지만 일부에서 우려가 있을 수 있다는 겁니다. 그러나 그것도 페이트께서 음악 감독을 맡아 주신다면 오히려 상당한 도움으로 전환될 것이 예상되고 워너브라더스는 이에 대한 최선의 개런티도 생각하고 있습니다."

"개런티요?"

이쪽 계통의 문외한으로서 봐도 상당히 파격적인 제안 같았다. 무언가 목에 걸리는 게 있다면 그것마저 흡수해 버리는 상당한 수준의 마케팅이었고.

옳은 판단이었다. 이대로 제작하게 된다면 틀림없이 페이트 뮤직비디오 표절이라는 말이 나돌 것이고 영화는 채 꽃이 피기도 전에 좌초될 것이다. 이럴 때 아예 나에게 맡긴다면 내 이름 하나로 모든 불식이 종식되고 흥행까지 노려 볼 수 있었다.

나를 대놓고 이용하겠다는 것.

개런티란 미끼로.

'재밌네.'

그래도 자그마치 보디가드였다.

지금이야 톱스타와 보디가드의 사랑이라는 진부한 주제에 진부한 이야기로 고개를 갸웃댄다지만, 또 2,500만 달러라는 거액의 투자금이 올바로 회수될지 의문스럽다고 투덜댄다지만.

이 영화는 전 세계적으로 4억 1천만 달러를 벌어들인다. OST 앨범은 4,200만 장을 기록, 단일 앨범으로는 기네스북 역사상 가장 많이 팔린 앨범이 된다.

슬슬 본론으로 들어갈 때.

"얼마나 생각하시죠?"

"5%입니다."

흥행 개런티만 2천만 달러.

상당한 수준이나 나도 이미 돈이라면 배가 부를 대로 먹고 있다.

"으흠, 글쎄요. 절 이용하는 금액으로는 그다지……."

살짝 거절하는 투로 내뱉자마자.

"10%까지 지불할 용의가 있습니다. 저희도 더는 무리입니다."

"매출의죠?"

"……예, 맞습니다. 이게 한계입니다."

이 건은 무조건 내가 갑이었다.

내가 없다면 영화는 안 된다. 내가 합류하면 오히려 기회가 된다.

고로 반드시 나를 잡아야 한다.

그러나 약간의 굴곡은 어디서나 있었다.

"대신 조건이 있습니다."

"조건이요?"

"먼저 주연으로 캐스팅된 명단을 봐 주십시오."

케빈 코스트너와 휘트니 휴스턴.

역사와 같다.

"I Will Always Love You를 휘트니가 부르게 해 주십시오."

"음……."

"기존의 가수도 훌륭하긴 하나 보시다시피 톱스타와 보디가드의 사랑을 다룬 영화입니다. 더구나 주인공이 휘트니인 이상 다른 목소리는 넣을 수가 없습니다."

인순희의 얼굴이 아른거렸지만.

다른 가수도 아니고 휘트니 휴스턴이 출연하는데 메인 테마를 부르지 않는다면 그것이 더 이상했다.

내심 안타까웠다.

'어떻게 해도 안 될 때인가?'

김완서가 성공하면 인순희는 내리막, 김완서가 내리막이

면 인순희의 상승 공식이 여기에서도 적용될 줄이야.

어쩔 수가 없었다.

"작업은 언제부터 하면 되죠?"

"벌써부터 작업 말씀이십니까?"

"각본이 달라질 예정이라면 모를까 굳이 미룰 필요가 있나 싶어서요."

"이제 막 크랭크인했는데…… 가능하십니까?"

"기본은 같겠죠. 음악 감독도 감독이고 음악 감독의 역할은 영화의 전반적인 흐름을 읽고 영상 스토리에 부합하는 음악을 선사하는 것이죠. 관중의 시각 요소와 청각 요소가 모두 만족될 수 있게, 재미있는 영화를 봤다는 평가가 나올 수 있게 해 드리면 되는 거잖아요."

"잘…… 아시는군요."

그럼 잘 알지.

페이트 앨범 대부분이 영화 음악인데.

"공식적으로 음악 감독 커리어가 없을 뿐이죠. 잊지 마세요. 제 앨범의 뮤직비디오 콘티는 모두 제가 만들었습니다."

"맞습니다. 그 점 때문에 용기를 냈습니다."

"가수가 주인공인 영화죠. 이미 알려진 노래를 사용하고요. 음악이 영상보다 튀는 일은 없을 거예요. 아니, 영상과 음악이 함께 기억나게 해 드리죠. 장면만 봐도 음악이 생각나고 음악만 들어도 그 장면이 떠오를 만큼. 음악은 영화라는 예술

안에 포함된 범주로서 그 역할에만 충실하겠습니다."

"정확합니다."

음악이라는 장르가 하나의 요소로서 영화라는 예술에서 발현될 때에는 그에 걸맞은 역할이 있기 마련이었다.

이것이 영화 음악의 기능적 요소인데.

시공간을 확인시키거나 동작과 상태를 표현하거나.

배우의 심리를 표현하거나, 시간을 연속성(어린아이에서 어른으로 갑자기 성장)을 나타내거나로 극의 진행에 있어서 도움을 줘야 했다.

물론 이런 음악의 기능은 영화에서만 사용하는 것은 아니었다.

윤활제로서 임팩트로서 광고, 게임, 행사, 드라마, 뮤지컬, 테마파크 등 다양한 방면에서 이미 광범위하게 사용하고 있었다.

워너브라더스 협상팀과는 얘기가 금세 끝났다. 중지가 모였겠다 개런티 또한 상당한 수준이라 마다할 이유가 없었다. 즉시 이학주를 불러다 계약서 검토 및 관련된 업무를 이관했다.

그들을 전부 데리고 한정식의 파워를 보여 줬고 전원 한복 세트를 선물, 경복궁 등 유적지를 돌며 한국 문화의 우수성을 알렸다.

몇 가지 필요한 당부와 함께 워너브라더스 친구들을 거하게 환송까지 했을 때쯤 디즈니에서 나를 만나러 왔다.

그들도 같았다.

2,800만 달러 제작비로 전 세계 5억 달러를 벌어들인 디즈니의 4대 명작(인어공주, 미녀와 야수, 라이온 킹) 중 하나인 알라딘의 제작 일원으로 나를 선택했다.

두 영화에서 음악 감독 자리를 내밀었다.

나도 사실 이렇게까지 될 줄은 몰랐다.

명곡들을 컨택, 앨범에 실으며 노린 건 오로지 선점이었고 더티 댄싱이나 사랑과 영혼, 프리티 우먼에서 그랬듯 곡이나 가져다 쓰라고 해 놓은 건데.

"단도직입적으로 말씀드리겠습니다. 뮤직비디오를 수백 번 돌려 봤습니다. 저희로서는 도저히 제작 안 할 수가 없더군요. 페이트께서도 아라비안나이트의 요술 램프 주인공을 떠올리신 거 맞으시죠?"

"맞아요. A Whole New World는 애초 알라딘을 생각하며 쓴 곡이에요."

"역시나 그렇군요. 먼저 말씀드리면 아실지 모르겠지만, 저희 디즈니에서는 올 11월 개봉을 목표로 다른 작품을 제작하고 있습니다."

디즈니의 1991년 11월 개봉작이라면 미녀와 야수였다.

2,500만 달러 제작비로 월드박스 오피스 4억 2천만 달러를 벌어들이는 대박작.

"그렇다면 이번 제의는 내년 개봉이 목표인가요?"

"맞습니다. 아라비안나이트…… 그러니까 가제로 일단 알라딘이라 하죠. 올해 개봉하는 작품처럼 내년 11월 개봉을 목표로 하고 있습니다.”

“또 11월 개봉이군요.”

“아무래도 아카데미 이슈를 포기할 수는 없으니까요.”

아카데미 시상식이 있었다.

미국에서 가장 권위 있으며 세계에서 가장 유명한 영화 시상식.

흔히 오스카라 불리는 시상식.

BIG 5로 작품상, 감독상, 여우주연상, 남우주연상, 각본(각색)상이 있고…… 참고로 원작이 있는 영화는 각색상, 원작이 없는 영화는 각본상을 받는다.

후보작이 되는 기준은 그해 1월 1일부터 12월 31일까지 미국 내 극장에서 상영되었던 영화로 7일 연속으로 상영되어야 한다는 조건이 붙는다. 다큐멘터리 영화는 3일만 상영해도 인정해 주었다.

그렇게 매년 12월에 1차 투표로 후보작을 선정하고 다음 해 1월 즈음 부문별 후보들이 발표, 2월 중순에 최종 후보로 2차 투표를 한 뒤 2월 마지막 또는 3월 첫째 일요일에 할리우드가 위치한 미국 LA에서 시상식이 개최된다. 이것이 아카데미 어워드의 관례.

즉 11월 개봉이라는 건 잘만 하면 ‘아카데미 시상식 후보에 오른 영화’라는 식의 홍보를 할 수 있다는 장점이 있었다. 12월에 1

차 투표니까 뽑히든 안 뽑히든 후보작에 오르는 건 맞으니까.

게다가 한창 투표하느라 바쁜 AMPAS(Academy of Motion Picture Arts and Sciences : 영화예술과학아카데미)에 속한 영화인들의 표심을 사로잡을 수 있다는 분석도 있다고 했다. 작품만 확실하다면 여러모로 그 시기가 유리하다는 것.

"모든 가능성을 열어 두고 있군요."

"그럴 수밖에 없습니다. 엄청난 자본과 인력이 투입되는 일이라 소소한 이점도 놓칠 수가 없습니다."

협상 대표를 쳐다보고 있는데 왠지 슬슬 머리가 아파지는 게 느껴졌다.

겸손을 가장한다지만, 디즈니 책임자는 워너브라더스 책임자와는 다르게 과할 정도의 자신감을 내뿜었다.

자기가 곧 디즈니라 생각하는지 몇 마디 나누지 않았는데도 눈빛, 태도, 말투가 사람을 불편하게 했다.

나도 어느 정도 인정은 한다.

세계를 아우르는 디즈니 소속이고 협상팀 대표까지 맡을 경력이니 그 계통에선 전도유망한 사람인 건 알겠는데 그래도 너무 우월감을 풍긴다. '너 따윈 내 제안을 거절할 수 없어'라고.

우리는 이런 식이면 곱게 가지 못하는데.

Chapter 85

인어공주로 한 번 연을 맺은 경험이 있어 디즈니의 패턴에 익숙지 않았다면 꽤 피곤했을 것이다.

빨리 끝내고 싶어 본론을 꺼냈다.

"제가 할 일이 있을까요?"

"원 제안은 유효합니다. 페이트께서 음악 감독을 맡아 주시면 좋겠고요. 그에 관한 모든 준비는 마친 상태입니다. 혹여나 드리는 말씀인데 거절하신다면 올해 개봉될 작품의 음악 감독에게 그 자리가 돌아갈 것입니다."

이것 봐라.

제안하러 왔으면서 거절 시 벌어질 일정까지 말한다.

이런데도 안 하냐고.

반협박 수준임에도 전혀 못 느끼는 표정이었다.

익숙하다는 것.

이 시점, 디즈니가 점찍은 경쟁자는 앨런 멩컨이라는 사람이다.

일찍이 나도 알고 세계에서도 아주 유명한 사람, 90년대에만 아카데미 주제가상을 세 번이나 휩쓴 거장.

기가 찼다.

앨런 멩컨이 비록 훌륭한 음악 감독이긴 하나 내 허락이 없다면 알라딘은 시작부터 난항이다.

다른 대안이 있지 않은 한 디즈니의 내년 먹거리가 한 방에 사라질 수도 있다는 것.

그뿐인가.

라이온 킹은 어쩌고? Can You Feel The Love Tonight도 뮤직비디오로 널리 알려진 상태인데.

이게 감히 누구한테 빨래질인지.

"그렇습니까? 다른 대안이 있다면 굳이 제가 관심 둘 이유가 없겠네요."

"예?!"

"왜 그러세요? 거절에 대한 계산은 다 하고 오신 것 같은데. 아쉽네요. 저는 이쯤에서 빠질 테니 그분과 함께하십시오."

"설마 거절……이십니까?"

"예."

"정말 거절이라고요?"

"다시 말씀드려요? 안 그래도 워너브라더스와 음악 감독 계약을 마친 상태예요. 굳이 저를 두고 경쟁 구도를 만드는 회사와는 같이 일하고 싶지 않네요. 아시는지 모르겠지만 저는 피곤하게 경쟁 같은 거 안 해요. 온전한 게 아니면 들여다보지도 않죠. 이만하면 대답이 된 것 같은데."

"저흰 디즈니입니다."

"예, 잘 알죠. Under the Sea를 괜히 허락해 줬나 후회될 정도로요."

"갑자기 왜 이러십니까? 저희가 무슨 잘못이라도……."

"돌아가세요. 제 대답은 끝났어요."

"아니, 이럴 수는……."

황당무계하게 쳐다보는 것부터 마음에 안 들었다.

디즈니든 뭐든 내 마음에 안 들면 안 하는 거지 뭐가 대수라고 석죽을까.

쫓아냈다.

심술이 막 솟는다. 앞으로 어떻게 골탕 먹여 줄까.

'알라딘이 92년, 라이온 킹이 94년이고 포카혼타스가 95년, 노틀담의 꼽추가 96년, 헤라클레스가 97년, 뮬란이 98년, 타잔이 99년이라. 아주 싹 다 갈아엎어 줘?'

89년 인어공주 이래 디즈니 르네상스를 이끌어 온 작품들을 아예 없는 것처럼 해 줘?

도리어 이런 무례는 없다고 소리치는 협상 대표를 생각하며 그런 마음을 굳히고 있는데 어찌 된 영문인지 사흘이 안 돼 디즈니가 다시 찾아왔다.

앤드류 밀리타인이라는 디즈니 총지배인이 난감한 표정으로 내 앞에 섰다. 이 사람은 월트 디즈니 피처 애니메이션의 No. 3다.

그가 이전 책임자를 면전에서 무릎 꿇렸다.

"무례를 용서하십시오. 쇄신한다고 쇄신하고 최선을 다한다고 다했음에도 이런 일이 계속 생깁니다. 부디 노여움을 푸시고 저희의 제안을 다시 고려해 주십시오."

나이 지긋한 양반이 고개를 조아리는 걸 보는 건 결코 편한 일이 아니었다.

내가 조용히 자리에 앉자 앤드류 밀리타인은 혹여나 다른 빌미가 잡힐까 전 책임자를 얼른 내 눈에 띄지 않는 곳으로 내보냈다. 확실히 다른 의전이다.

그러나 방심은 금물. 원래 이런 사람이 제일 무서운 법.

"끝난 얘기 같은데 어째서 다시 오신 거죠?"

"솔직히 말씀드리자면 우리 사정이 좀 곤란해졌습니다. 인어공주의 대성공 이후 침체기가 언제였는지 모를 정도로 애니메이션의 가능성을 재확인한 때라 더더욱 행보가 조심스럽습니다만…… 말씀드려야겠군요. 우리 디즈니는 애니메이

선의 부흥을 위한 위대한 계획에 착수한 상태입니다. 그리고 그 첫 시작이 올 11월에 개봉될 작품입니다."

"……."

"이때 페이트 님과 척을 지게 된다면 어떤 일이 벌어질지 상상만 해도 소름이 끼칩니다. 분명히 말씀드리지만, 우리의 의지는 저 멍청이의 생각과는 전혀 다릅니다."

"그러시군요."

"페이트 님의 뮤직비디오를 봤습니다. 아라비안나이트의 주인공이 양탄자를 타고 하늘을 날아가는 장면은 무척이나 인상 깊더군요. 그 순간 계약해야겠다 결정했습니다. 그뿐입니까? 아프리카를 무대로 삼은 사자의 사랑, 라이온 킹은 어떤가요? 성공이 확실시되는 두 작품을 두고 우리가 감히 어찌 다른 마음을 품을 수 있겠습니까? 맞습니다. 이 만남은 단순히 애니메이션 한 편 제작을 위한 게 아닙니다. 우리로서도 상당히 중요한 작업입니다. 이렇게 망치고 싶지 않습니다."

"……."

"디즈니는 페이트 님과 돈독한 파트너십을 원합니다. 그렇게 가정하고 시작한 프로젝트입니다. 첫 단추부터 그르칠 뻔한 우리의 잘못은 마땅히 대가를 치러야 할 만큼 중대하겠지만 부끄럽게도 이렇게 되돌리려 찾아왔습니다. 급한 일정이 아니었다면 CEO께서 직접 방문하셨을 겁니다."

디즈니 No. 3가 헐레벌떡 방문한 이유는 확실히 알겠다.

이대로라면 절대 쉽게 물러서지 않을 것도 역시.

그러나 나도 마냥 쉽지는 않은 놈이다.

"그래서 어떻게 하자는 거죠? 명확히 말씀해 주세요. 그렇지 않으시다면 이만 끝내시고요. 제가 좀 바쁩니다."

"알겠습니다. 우리가 원하는 건 하나입니다. 내년에 개봉될 애니메이션 알라딘의 음악 감독을 맡아 주십시오."

"그건 거절한 거로 아는데요."

"디즈니는 페이트 님을 적대하거나 우습게 생각한 일이 절대 없습니다. 이 일은 모두 불상사일 뿐입니다."

"저도 그래요."

"그럼 맡아 주십시오. 우리 쪽도 최선을 다하겠습니다."

"그 건은……."

'거절했어요'라는 말이 목까지 찼으나 왠지 뱉으면 안 될 것 같은 느낌이 강하게 왔다.

모르겠다. 이런 걸 강한 이끌림이라고 해야 하나?

내가 고민하는 표정이 나오자 앤드류 밀리타인은 얼른 디즈니의 조건을 내뱉었다.

"워너브라더스와의 조건을 말씀해 주십시오. 우리도 조금의 이의 없이 같이 가겠습니다."

"그건 기업 비밀 아닌가요?"

"지금으로선 아닙니다. 워너브라더스도 페이트 뮤직비디오를 기반으로 영화를 제작한다 들었습니다. 시작이 같은 만큼 같은 선상에 있는 게 합리적이라 생각합니다. 더구나 이런 일이 벌어진 이상 조건으로 실랑이하고픈 생각은 없습니다."

"빠르시네요."

"대화가 이 정도까지 회복됐다는 게 더욱 고무적입니다."

"하겠다는 말씀을 드린 적이 없는데요."

"물론입니다. 그래도 느낌상 출발선까지는 온 것 같아서 그럽니다. 이제부터는 다시 시작할 수 있으니까요."

확실히 내공이 강했다.

일이 틀어졌음을 보고받자마자 달려온 사람답게 결단력도 있고.

나도 패를 깠다.

워너브라더스와 시작점이 같은 만큼 다른 조건으로 계약하는 건 있을 수가 없었다.

"총괄 10%예요."

"10, 10%요?"

충격인 듯 잠시 멍한 표정이었다.

충격인가?

"매출 기준이고요."

"매출이라고요?!"

이것만큼은 받아들이기 힘든지 언성이 높아졌다.

"거절하려고 꺼낸 말이 아니에요. 알아보세요. 이게 뭐라고 숨길까요. 워너브라더스는 저에게 개런티 10%를 제시했고 전 받아들였어요. 디즈니는 어떻게 하실 건가요?"

"……워너브라더스가 이 정도까지 봤군요."

"전례가 없던 일인가요?"

"그렇습니다. 수익의 3%도 크다 생각하고 있었는데……."

노회한 정치인 같긴 하나 앤드류 밀리타인의 실수도 아주 컸다.

협상 상대가 어떤 인물인지 전혀 파악하지 못했다는 것.

이는 앞서 쫓겨난 협상팀 대표와도 그리 다를 바 없다는 얘기가 된다.

가려운 곳은 이쪽인데 엉뚱한 곳에서 헤매고 있으니.

정보를 던져 줬다.

"올 상반기 페이트 앨범의 매출이 1억 2천만 달러예요."

"……!"

"상승 곡선이 줄어들지를 않아서 하반기도 기대되는데요. 참고로 전 아직 기네스북에는 오르지 않았지만, 앨범만 2억 장을 넘게 판매한 사람이에요. 제 앞에서 몇억 달러로 왈가왈부 안 하셨으면 좋겠네요."

"……그렇습니까?"

"총괄 10%라고 해 봤자 월드박스 오피스 5억 달러를 달성해도 겨우 5천만 달러잖아요. 아닌가요?"

"맞습니다."

"돈만 본다면 앨범 한 장 더 만드는 게 낫겠죠. 품도 적게 들고요.”

“아······.”

“워너브라더스의 제안을 수락한 건 순전히 호기심이에요. 호기심······. 아시죠? 호기심이란 건 별로 오래 안 간다는 거. 영화 음악 제작에 관한 감동이 없거나 흥미가 떨어지면 이도 끝이죠. 어떻게 하실 생각이세요?”

“······.”

“잊지 마세요. 지금 눈앞에 있는 사람이 누구인지.”

4년 연속 그래미 어워드 제너럴 부문 수상자.

살아 있는 미국 명예시민권자.

단델리온(민들레)의 성자.

얼빠진 앤드류 밀리타인은 결국 아무 말도 못 하고 물러났다. 그리고 일주일이 안 돼 월트 디즈니 피처 애니메이션의 CEO가 직접 계약서를 들고 날아왔다. 거기엔 조항이 하나 추가됐는데 라이온 킹에 대한 음악 감독도 맡아 달라는 것이었다. 같은 조건으로.

언뜻 이런 생각도 들었다.

도대체 내가 뭐길래 애들이 돈을 이렇게 싸지를까?

페이트 이름값에 확신을 가진 모양인 것 같은데 이러다 폭 망하면 누가 책임지려고 그러나? 아닌가? 망해 봤자 두 편 다 해도 5천만 달러니 그 정도는 괜찮다는 건가?

당분간 엠바고를 부탁한 것도 같았다.

내년 마케팅에 본격적으로 사용할 거라며 계약 사실을 숨겨 달라고.

이건 오케이.

그렇게 OST 구성을 이전의 것과 같게 할지 전혀 다른 새로운 구성으로 바꿀지에 대해 고민하며 여름 방학의 끝을 맞이하고 있을 때 정홍식으로부터 전화가 왔다.

"예, 저예요."

[이번엔 어떻게 해수욕장이라도 다녀오셨습니까?]

"못 갔죠."

[하하하하, 그러시군요. 저는 한국에 있는 가족들 죄다 불러다가 플로리다 해변을 만끽했습니다.]

"플렉스 하셨네요."

[전부 일등석에 최고급 호텔에 최고급 레스토랑까지. 돈 좀 썼습니다.]

계획을 알고 있었는데도 살짝 놀랐다.

훨씬 세게 논 모양이다.

"오우, 기분 좋으셨겠네요."

[돈을 써 보고 나니 더 알겠더군요. 총괄님이 어째서 우리에게 돈을 아끼지 않는지.]

"그런가요?"

[웃는 모습을 보고 싶으셨죠?]

"아……."

깜짝 놀랐다.

어떻게 알았지?

내 기쁨 중 하나였다. 베풀 때 웃는 모습을 지켜보는 것.

실제로 그랬고 앞으로도 유일하게 기대되는 일 중 하나라 되도록 오래 나만 간직하고 싶었는데.

[그럴 거라 생각했습니다. 가족들이 웃는데 왜 그렇게 기쁜 지. 이래서 돈을 버나 싶기도 하고 굉장한 보람을 느꼈습니다.]

"돈 쓰는 맛을 아셨네요."

[맞습니다. 실상 저에게 필요한 돈은 그리 많지 않지 않겠 습니까? 신기해하고 즐거워하고 행복해하는 모습을 보는 게 이렇게도 좋을 줄은 전에는 몰랐습니다.]

"아니요. 이미 알고 계셨어요."

[그런가요?]

"두 아이를 키우셨잖아요."

자식을 키워 본 사람은 알 것이다.

그 녀석이 웃는 모습을 보는 게 얼마나 기쁜 일인지.

효도가 달리 효도인가?

태어나 웃어 준 것만으로도 자식은 자기 할 도리를 다한 것 이었다. 이는 아마도 다른 세대를 통틀어서도 달라질 게 없을 이치 같은데.

할머니 할아버지가 손주 웃는 걸 보려고 앞에서 재롱을 떠 는 걸 봤다면 내 말이 무슨 뜻인지 이해될지도 모르겠다.

그랬다.

아이가 웃으면 되레 이쪽 삶이 인정받는 느낌을 받는다. 없던 힘도 솟고 줄 수 있음에 감사해지고.

[아……. 그렇군요. 제가 잊고 있었군요.]

"사회가, 국가가 자꾸만 다른 가치를 말해서 혼동하게 되는데 인간이 할 수 있는 일은 그리 많지 않아요. 그래서 기쁨도 멀리 있지 않고요."

[맞습니다. 이번에 정말 크게 느꼈습니다. 우리 가족을 위해 더욱 힘내서 달려야 함을요.]

"감사해요. 우리 오필승 식구들 모두 대표님에게 감사하고 있어요."

[무슨 말씀이십니까? 저는 한 게 없습니다. 총괄님이야말로 우리의 머리 아니십니까.]

"마음을 전하고 싶었어요. 보고 싶어 한다는 것도요."

[저도 그렇습니다. 대략 끝나면 돌아가고 싶은데……. 미국이 좀 말썽입니다.]

"미국이요?"

[오늘 용건도 역시 그렇습니다.]

올 초 미국의 무선 통신 상용화 성공 발표 후 복기-1이 FCC의 표준이 되는 것까진 아주 순조로웠다.

앞으로 쭉쭉 나갈 일만 남았고 그렇게 아메리카 대륙을 통째로 먹으려 계획했는데.

미국 무선 통신 사업이 생각보다 지지부진했다.

계약이 난항이었고 지금까지 이렇다 할 성과가 없었다. 그 이유가 정홍식의 입에서 나왔다.

[말도 안 되는 갑질을 하고 있습니다. 유럽도 2.5% 로열티에 순응했고 나라별 대표 통신사와 계약 맺고 있는 판에 무조건 1%로 낮춰 달랍니다. 안 된다고 하니 그럼 하지 않겠다고 배짱을 부리고요.]

"갑자기 1%라고요?"

[예, 만일 그렇게 된다면 유럽 또한 로열티 인하를 요구할 겁니다. 이러면 수익성에 상당한 타격을 입게 됩니다.]

당연한 말이었다. 말도 안 되는 요구고.

본래 3%를 부시 대통령이 0.5% 낮춘 걸 알 텐데도 이따위라니.

'……'

결국 둘 중 하나 같았다.

진짜 1%로의 인하를 원하는 것과 아니면 다른 꿍꿍이가 있다는 것.

'움직여야겠어.'

사태의 본질을 파악하려면 미국의 통신을 지배하는 AT&T와 그 AT&T가 분사한 일곱 벨에 대한 면밀한 조사가 필요했다.

물론 걱정되거나 쫄리거나 하는 건 1도 없었다.

이미 FCC에서 복기-1을 미국 표준으로 지정했고 뒤를 복기-2가 받친다. 복기-3가 나오면 대세는 끝.

시간문제일 뿐이지 미국 내 무선 통신망은 무조건 나를 통해야 할 것이다.

'다른 야료도 아들을 대통령으로 만들고 싶은 부시 대통령이 있는 한 어려울 텐데…… 어!'

설마…….

아니다. 설마가 사람 잡는다.

"조사해 줄 게 있어요. 아주 은밀하면서도 세밀하게 접근해야 하는 건이에요."

[무엇입니까?]

"AT&T에 대해 조사해 주세요. 그들이 누굴 만나고 누구에게 로비하는지."

[그 말씀은……!]

"맞아요. 잘못하다간 FCC의 승인이 뒤집힐 수도 있겠어요."

[말도 안 됩니다. 이미 언론에 나갔…… 아아~ 사용자가 널리 분포된 것도 아니고 초창기이니 얼마든지 바꿀 수 있겠네요. 방심하면 안 되겠습니다.]

"쟁점은 누가 우두머리냐는 거예요. 공화당인지, 민주당인지 말이죠."

[그렇군요. 이런 일은 정치인이 끼지 않으면 불가능할 테니까요.]

"하실 수 있겠어요?"

[해야죠. 무조건 알아내겠습니다. 감히 우리의 미래 먹거리를 도둑질하겠다는데 제가 가만히 있으면 안 되겠죠. 걱정 마십시오. 반드시 알아내고 말겠습니다.]

"대표님을 홀대할 시기부터 시작해 보세요. 천천히 뒤를 밟아 가다 보면 분명 꼬리가 밟힐 거예요."

[알겠습니다. 저에게 맡겨 주십시오. 안 그래도 여기저기 돌아다니면서 친구들을 많이 사귀어 놓은 상태입니다.]

"은밀해야 해요."

[아……. 또 실수할 뻔했군요. 알겠습니다. 저도 심사숙고 후 움직이겠습니다.]

"부탁해요."

머리가 아팠다.

잘될 거로 낙관하고 있었는데.

어쩔 수 없더라도 우리와 손잡을 거라 본 게 오산이었다.

"내가 너무 미국을 우습게 봤나 봐. 믿으면 안 됐는데."

잠시 잊고 있었다.

원역사에서도 미국과 캐나다, 남아메리카 절반에 해당하는 지역이 거대한 갈라파고스를 이룬 걸.

놔두면 결국 복기-1의 세계 정복은 어긋난다.

멋대로 독립해서 다시 갈라파고스를 만들 테니.

"내가 이러고 있을 게 아니야."

미국은 주파수도 850MHz와 1,900MHz를 책정하였다.

Carrier Aggregation(주파수 집성) 같은 게 없었던 시절이라 복기-1같이 두 개의 주파수를 하나로 묶어서 사용하는 서비스가 불가능하고 신호가 더 세거나 사용자가 더 적은 쪽으로 연결되는 형태인데.

구식이라 너무 안심한 측면이 있었다.

"잘못된 판단이었어. 그놈들은 사용자 편의 따위는 고려치 않을 테니까. 일단 정착하면 불편해도 써야 할 테니."

이런 식이라면 불안한 건 오히려 우리 쪽이다.

그 선택이 우리에게 올 확률은 없을 테니.

"단순히 통신사만 들여다볼 게 아니야. 휴대폰 제조사도 봐야 해. 이것들이 담합해서 날 엿 먹이는지도 알아봐야 하고."

뒤통수를 맞을 뻔했다.

미국의 이탈은 곧 캐나다와 중남미 시장의 손실과도 연결된다.

인구 9억의 시장이 날아가는 것.

"……쿠쿠쿠쿠쿡."

그런데 왜 웃음이 나는지 모르겠다.

재밌다. 실로 오래간만의 저항이라.

괜히 생동감이 들고 세포 하나하나가 내 감정에 반응하는 것처럼 느껴지기도 하고 아드레날린이 들끓는다.

"재밌어. 아주 재밌어."

◇ ◆ ◇

미·소 양국이 모스크바 정상회담에서 '전략 무기 감축 협정 (START)'에 서명하였다.

- 세계가 또 한 번 안전해졌나?

치안 본부가 내무부에서 독립해 '경찰청'으로 승격하였다.

- 그리 기대할 일은 아니다.

유엔 안보리가 남북한 동시 유엔 가입 신청안을 이의 없이 승인하였다.

- 짜고 치는 고스톱.

종군 위안부 피해자인 할머니가 처음으로 일제에 의한 위안부 피해 사실을 증언하면서 위안부 문제가 공론화되기 시작했다.

- 대부분은 가슴 아파하나 아닌 자들도 눈에 띈다.

일본 NTT가 이동통신 자회사인 NTT도코모를 세웠다.

- 복기-1을 탑재했다. 일본도 내 밥.

소련 군부 내 보수파가 쿠데타를 일으켜 고르바초프 대통령을 실각, 납치·연금했다.

　- 소련에 대한 콩깍지가 많이 벗겨지겠다.

　최근 한 달 사이 벌어진 일이다.

　별일 없는 듯 조용했던 1991년도 이렇게 불안하게 들끓는다.

　≪KAL 007기 희생자 추모식이 사할린 근해에서 열리고 있습니다. 참사 8년 만인데요. 시퍼런 바다만이 그날의 악몽을 기억하고 있겠지요. 다시는 이런 일이 벌어지지 않게 하려면 우리는 과연 어떤 길을 걸어야 할까요? 유족들의 눈물이……≫

　2학기 개학 날에도 사건은 끊이지 않았다.

　아나운서의 비통한 목소리가 사할린 합동 영결식을 알렸고 냉정한 카메라가 그 장면을 찍어 9시 뉴스로 송출했다.

　그리고 며칠이 지나지 않아 유엔 총회가 남북한 양국의 UN 동시 가입안을 만장일치로 통과시켰다는 소식이 대한민국에 전해졌다.

　노태운이 학생과의 대담에서 말한 내용이 현실로 된 것이다.

　다행이라기보다는 억울해하는 이들이 많았다.

　북한을 우리 땅으로 보는 인식이 컸으니……. 여태 배운 게 그랬고 공산당이 제멋대로 점령한 지역이니만큼 언젠가 우리가 되찾아야 할 땅이라 생각하는 이가 아직 적지 않았다.

발맞춰 시사 프로그램에서 통일이라는 주제를 다시 다루기 시작했다. 북한통이라는 사람들이 나와 나름의 논리를 들이대며 의미 없는 주장을 펼쳤다.

그때 나는 미국만을 쳐다보고 있었다.

어떤 소식이 올는지.

기다렸고 인내했다. 정홍식이 답을 주는 날을 고대하며.

"으아아~ 다 끝났다. 너무 좋은데 또 너무 싫어."

옆에서 기지개를 쭉 켜는 한태국이었다.

OMR 카드를 걷은 선생님이 나가자마자 즐거워하면서도 세상 무너진 표정을 짓는다.

"정말 좋았는데……. 다시 빡빡한 수업으로 돌아가야 한다니. 이런 통탄할 때가 있나."

"넌 시험이 좋냐?"

"시험이 아니라 시험 기간이 좋지. 일찍 끝나잖아."

"하긴."

"나는 1년 내도록 시험만 봤으면 좋겠다야."

"확실히 더 자유롭긴 하네."

"뭐가?"

"성적이란 것과 관계없는 삶."

"뭐?!"

"쿠쿠쿡."

"이 자식이 나를 놀려!"

한태국은 체육 외 다른 수업은 흥미를 보이지 않았다.

국영수, 역사 같은 건 진저리를 쳐 댔고 음악도 미술도 입맛에 맞지 않았다. 1학년 때 기술 시간에 납땜질 배울 때는 또 잘했다.

납땜질에 어설픈 나를 보며 너도 못하는 게 있긴 하다며 자기는 실기에 특화됐다나 뭐라나 으스대기도 했는데.

어쨌든 오늘 중간고사가 끝났다.

친한 몇몇 데려다가 햄버거 먹이고 집으로 돌아가 이것저것 하며 또 정홍식을 기다렸다.

그렇게 며칠이 더 지났을까. 밤중에 전화가 왔다.

정홍식이었다.

[실체를 알아냈습니다.]

"그래요?"

[론 케일론 상원 의원을 비롯한 공화당 의원 몇몇이 AT&T, 모토로라와 손잡고 일을 꾸미고 있었습니다.]

"역시나 미국 무선 통신 표준을 바꾸려는 거겠죠?"

[상당한 진척이 있는 것으로 보입니다. 슬슬 동조하는 사람들도 늘어나고요. FCC도 마냥 버틸 수는 없을 것 같았습니다.]

"요지는 미국에, 미국인에 의한 통신이 되어야 한다는 거겠네요?"

[그렇습니다.]

"이거 섭섭하네요. 명예긴 하나 저도 미국 시민인데."

[……어떻게 할까요?]

"몇 가지만 처리해 주세요. 곧바로 미국으로 갈게요."

재밌다 재밌다 했더니 진짜 일이 재밌어졌다.

공화당 소속 대통령이 기획한 일을 같은 공화당 의원이 딴지를 걸다니.

이런 걸 동상이몽, 오합지졸이라고 해야 하나?

"위나 아래나 모두 단결해도 모자랄 판에 각자도생이라. 하긴 뿌리부터 색깔을 바꾼 정당답긴 하네."

미국 공화당을 올린 시초는 노예 제도 반대를 위한 기치였다.

세율 인하, 관세 인상, 정부 규제 완화 등 보수 정책으로 일관하던 정당이 노선을 틀게 된 건 1929년 닥친 세계 대공황 때문이었는데.

이때부터 자본 옹호, 보호 관세, 반공으로 돌아선다. 근본을 바꾼 것.

이후 경제적 자유주의 성향이 당 중심이 되어 친기업 정당으로서 포지션을 잡고, 기독교적 윤리관에 입각한 사회문화적 보수주의를 내세우며 철학을 확립, 미국의 보수진영 전반을 대표하는 정당이 된다.

그 덕인지 정치 집단, 정부 등의 구성에 있어서 다양한 이념이나 정치 스펙트럼을 지닌 이들이 혼재하게 되었는데 계파 형성도 또한 온건 중도파부터 우익, 일부 극우까지 가리지 않고 널려 있었다. 세계적으로도 대표적인 빅텐트 정당이 되었다.

“…….”

껄끄럽긴 하나 두렵진 않았다.

나에게도 선택지가 아예 없는 건 아니니까.

“너희가 그렇게 나온다면 나도 할 수 없지.”

미국은 두 개의 정당이 지배하는 나라였다.

공화당이 적대시한다면 민주당으로 발길을 돌리면 된다.

그리고 페이트의 이름값은 현존하는 어떤 대통령 후보보다도 강하다.

학교에 알리고 미국으로 날아갔다.

정홍식이 케네디 공항으로 마중 나왔다.

“어서 오십시오. 오시는 동안 불편하지 않으셨습니까?”

“괜찮아요. 잘 왔어요.”

“식사는……?”

“기내식으로 때웠어요. 바로 갈까요?”

“말씀대로 약속을 잡아 두긴 했는데. 상대는 민주당의 거물입니다. 너무 무리하시는 건 아닙니까?”

“싸움을 걸어온 이상 어쩔 수 없죠. 민주당이든 공화당이든 저에게 방해된다면 다른 편에 설 수밖에 없어요.”

“알겠습니다. 움직이겠습니다.”

곧장 아칸소로 날아갔다.

미국 남부, 미시시피 강 하류 오른쪽 연안을 차지한…… 인구 2백만 명의 작디작은 주.

이곳에 미국의 다음 세대를 이끌 리더가 있었다.

그러고 보니 시기도 참 공교로웠다.

내년에 미국 대선이 치러진다. 해를 넘겨 접촉하려 했다면 꽤 많은 것을 감수해야 했을 텐데 마침 좋을 때 건드려 줘서 더 좋을 때를 기약하게 됐다.

"어서 오세요."

"만나 주셔서 감사합니다. 주지사님."

사십 대의 건장한 빌 클린턴이 나를 환대하였다.

나는 그의 손을 잡았고 그의 눈을 봤다.

필요에 의해 오긴 했지만, 기분이 묘했다. 잡은 손에서 느껴지는 역동감도 내 기분의 변화에 한몫하였다.

어쩌면 내 삶도 이제 본격적인 행보가 시작되려는가 싶었다. 지금까지 겪어 온 일이 전부 튜토리얼이라 싶을 만큼.

'파도가 오려나?'

"무척 놀랐습니다. 페이트가 이 먼 곳까지 오시다니요. 우리 아칸소주에 무슨 일이라도 있는 겁니까?"

친절하고 자신감 넘치는 미국인의 전형을 보여 준다지만 아쉽게도 난 오래 어울려 줄 생각이 없었다.

곧장 본론으로 빠졌다.

"그럼요. 젊은 미국이 이곳에 있다기에 궁금해서 와 봤어요."

"예?"

"향기가 흐르더라고요. 다음 대 세계를 이끌 젊고 아름다운 향기가. 저도 모르게 취해 이곳까지 날아오게 됐네요. 괜찮으시죠?"

"……."

움찔.

나를 보는 빌 클린턴의 시선이 침잠해 들어갔다.

선량하고 밝고 쾌활한 외양이 아닌 진짜 빌 클린턴이 나타나기 시작하는데.

원래 빌 클린턴은 클린턴이라는 성을 쓰지 않았다. 본래 아버지는 클린턴이 태어나기 전 교통사고로 죽었고 어머니가 재혼하면서 계부의 성을 따르게 된 것이다.

아버지 복이 없는 사람.

진짜 아버지는 본 적도 없고 계부는 술만 먹으면 개가 된다.

어려서부터 철이 빨리 들어야 할 환경이었는데 어머니와 이부동생을 보호하기 위해서라도 그는 자신을 지켜야 했다.

살아야 했던 동네도 험했다.

범죄와 폭력이 들끓는 핫스프링스.

그곳에서 뼈가 굵은 자의 눈빛이 나를 주시했다.

"……."

"……."

원래 난 사람의 눈을 잘 쳐다보는 성격이 아니다.

누군가와 기 싸움하는 것도 즐기지 않았고 또 누군가를 괴롭히는 성격도 아니었다.

기본적으로 덩치도 큰 편이라 눈만 잘못 떠도 내 이미지에 좋지 않다는 걸 알기에 말도 조심하는 편.

다만 공격당하면 개처럼 물어뜯곤 했는데.

이는 내 본래 성격인 것보다는 어릴 적 학대의 여파가 컸다. 상처가 많았고 그 상처가 아픈 게 겁이 나 격한 행동이 튀어나가는 거다.

그런데 이상하게도 회귀 후부터는 심술은 있을지언정 그런 경향이 많이 사라졌다.

사람이 두렵지 않았고 상처가 아프지 않았다.

불편함만 있을 뿐 누군가의 위세에 눌리지도 권위에 굴복하지도 않았다.

천상천하 유아독존이던가?

하늘 아래 존재하는 이들 중 나를 이길 자가 없을 것만 같았다.

"제 삶은 당신과 분명 다르지만 같은 상처를 간직하고 있음을 느끼네요. 이런 제가 부담스럽나요?"

"무슨 목적으로 온 거죠?"

"말 그대로예요. 다음 대 미국을 이끌 향기가 이곳에서 났어요. 당신을 만나자마자 확신이 들었고요. 그냥 보고 싶었어요. 그것뿐이에요."

"지금 무슨 말을 하는 건지 알고는 있습니까?"

"잘 알고 있어요."

"당신은 공화당 쪽이 아니었습니까?"

"명예라도 인정해 주신다면 저는 미국 시민이에요."

"……"

"……"

"……"

"……"

"……"

"……"

"백악관이 싫어할 텐데요."

"두려워할 건 백악관이 아니죠."

"……그렇군요."

너트를 조이듯 기세를 뿜었던 빌 클린턴이 경계를 풀자 이후부턴 쉬웠다.

그는 나를 이용하기로 했고 나도 기꺼이 응해 줬다.

다음 날로 우리 두 사람이 함께 찍은 사진이 대문짝만하게 아칸소 유력 일간지에 실렸고 곧 전역으로 확대돼 민들레를 사랑하는 팬들의 눈을 사로잡았다.

백악관 출입 외 단 한 번도 정치인과 만난 적 없던 페이트가 아칸소 주지사 빌 클린턴을 만났다는 사실이 뉴스에 떴다. 같이 밥 먹고 같이 웃고 같이 나들이하는 장면을 두고 많은 이들이 관심을 가졌다. 민주당의 지지율이, 클린턴의 이름이 하루아침에 상승 곡선으로 바뀌는 것도.

그렇게 나는 뉴욕에 돌아온 지 하루도 안 돼 백악관의 전화를 받았다.

다음 날로 비밀리에 워싱턴 D.C.로 슝.

부시 대통령은 전과는 다른 표정으로 나를 쳐다봤다.

"왜 그렇게 보시죠?"

"이유를 모른다는 건가?"

"확신하셨다면 절 부를 이유가 없을 텐데요. 공격해 버리면 되겠죠."

"갑자기 왜 이러는 건가? 내 임기가 이제 1년 남았다고 얼굴을 바꾸려는 건가?"

약속을 말한다.

아들의 대통령 만들어 줄 후원.

"걱정 마세요. 약속은 지켜질 거예요."

"뭐라?"

그런데도 이런 짓을 하냐는 표정이다.

나는 오히려 황당하다는 제스처를 취했다.

"설마 다음 대 대통령 선거에 아드님을 내보낼 건 아니시죠?"

"그건……."

"부디 말씀드리건대. 한 가지만 해 주세요. 원하는 게 뭔지 말이죠."

"……."

"공화당이에요? 아드님이에요?"

"······!"

이 질문이 곧 답이라는 걸 깨달았는지 부시 대통령의 표정이 한결 가벼워졌다.

그도 또한 말이 아닌 표정으로 답했다. 당이 아닌 자기 아들을 선택했음을.

"그렇군. 내가 오해했어. 중요한 건 백악관이겠지."

"저도 그러리라 생각했어요."

"하지만 당 내에서 말이 많이 나오네. 도대체 왜 이런 일을 벌인 겐가?"

"누가 제 먹거리를 빼앗으려 하니까요."

"그 말은······!"

"론 케일론 상원 의원과 몇몇이 작당해 복기-1의 FCC 승인을 취소하려 하고 있어요."

"뭐라?!"

"공화당으로 향하던 제 호의가 싹 사라진 건 변덕이 아니에요. 솔직히 말해 대통령님의 호의에도 의심이 들더라고요. 이 건은 제게 주신 프레젠트가 아니었나요?"

"으음······. 내가 직접 알아보겠네. 정말 그렇다면······."

"그래도 재선은 없어요."

"······!"

"제가 공격당했잖아요. 다 됐다고 나 몰라라 하는 건 제 스타일이 아니거든요."

“……."

부시 대통령의 미간이 잔뜩 찌푸려졌다.

재선을 노리는 게 틀림없으나 나도 이미 클린턴을 만났다.

패를 더 깠다.

“약속이 지켜지지 않으면 2대 대통령을 배출해 낼 가문도 없어질 거예요.”

“……협박인가?”

눈빛이 더없이 매서워졌다.

“약속을 말하는 거죠. 애초 왜 제 것을 다른 자가 침 바르게 놔두신 거죠? 저에 대한 시험인가요?”

“나는 몰랐네.”

“몰랐다고 해서 끝날 성질이 아닌 걸 더 잘 아시잖아요.”

“……."

“저는 약속을 아주 중시해요. 제 것을 지켜 주시면 아드님의 재선까지 도울게요. 이 정도면 저도 할 도리 다한 거 아니에요?”

“으음……."

눈빛이 약해졌다.

“둘 중 하나예요. 아버지의 재선 성공인지 아드님의 재선 성공인지 어느 것이 무거운지 고르시면 돼요. 그리고 이 일은 제 잘못이 아니라 제 것을 빼앗으려 한 누군가의 잘못이겠죠. 저는 정말로 잘 지내보고 싶었거든요. 이런 저를 굳이 움직이게 한 건 제 의지가 아니에요.”

"……알았네. 내 고심해서 답을 주지."

"제 것부터 되돌려 주세요."

"그러지."

◇ ◆ ◇

부시 대통령의 대답이 있었다고 해서 모든 일이 급격하게 이루어지는 건 아니었다.

그도 움직이려면 정보가 필요했고 확실한 증거를 잡아야 했다.

물론 난 그러든 말든 민주당이 펼치는 사업…… 여성, 흑인, 라틴, 무슬림, 아시아계 지지층이 주축이 된 단체를 만나며 우리가 바뀌어야 국가도 바뀐다는 말을 하고 다녔다.

Change The World.

정부의 역할은 가만히 쳐다보고 있는 게 아니라 적극적으로 시장 간섭에 나서야 하고 사회 구성원 간 경제의 균형을 맞춰 줘야 하는 것을 강조, 노조의 권리를 보호하며, 환경을 생각하며, 국가 규모의 의료 보험, 공정한 기회, 적정한 규모의 대학 등록금, 소비자를 위한 법을 제정해야 함을 역설했다.

내 말이 옳다고 뒤를 따르는 사람들이 하루가 다르게 늘어났다.

또 이 모든 것이 민주당의 정책 노선과 같았다.

민주당은 1792년 T.제퍼슨이 주축이 된 '공화파'가 그 시작이었다.

창당 초기에는 작은 정부와 노예제를 찬성한 당으로 각 주의 독립성을 보장하기 위해 노력하였고 세계 대공황이 오기 전까지 노선을 지키며 소수당으로서 명맥을 이어 간다.

그렇게 모든 것이 송두리째 무너지는 대공황이 왔고 공화당에 대한 지지가 격감하며 상대적으로 지지가 상승하는 가운데 F.D.루스벨트가 '뉴딜 정책'을 내세우며 압승.

이민자 등 사회 비주류 인사들이 많은 해안가 대도시 거주자들의 지지를 확보하여 미국의 패권을 좌지우지하는 의회 다수당이 된다.

나는 그곳 한가운데에서 미국 내 속한 민족 중 가장 약한 축인 한국인으로 나섰다. 소수 민족을 대표해 소리 질렀다.

물론 아직까지 이제 중학교 2학년짜리의 말이 힘이 있다면 얼마나 있을까 의심하는 사람들도 있었지만 그래서 더 순수하게 접근할 수 있었다.

미국의 눈부신 성장 뒤에는 수많은 희생이 따랐고 마땅히 그들에게 돌아갈 영광이 누군가의 도둑질로 사라져 갔음을 얘기했다.

나날이 동조하는 사람들이 늘어만 갔다.

민주당도 가만히 있을 수 없는지 정책적으로 나를 밀었고 어느새 사람들이 'Change The World'를 구호로 외치고 다녔다.

민주당도 Change The World를 빗대 말했다.

레이건 대통령 8년, 부시 대통령 4년.

도합 12년간의 공화당 정치에서 우리가 달라진 게 무엇이냐고?

기업은 여전히 성장하는데 우리 서민은 어째서 하루하루를 걱정하며 살아야 하냐고?

답답한 현실에 신물이 나 있던 미국 비주류층이 민주당의 부름에 움직였다. 공화당을 향해 따끔한 일침을 가했고 일순간에 몰린 공화당은 당혹스러운 낯빛을 감추지 않았다.

거기까지 가서야 나도 슬슬 빠져나왔다.

나는 학생이고 공부해야 하니까.

수많은 지지자가 케네디 공항에 몰려와 나를 환송했다.

이제 이 건은 내 손을 떠났다. 서울로 향하는 국적기처럼 남의 일이 되었다.

본역사에서는 클린턴이 미국 대통령이 되어도 상원, 하원 의원 선거에서는 공화당이 승리하며 이권을 챙겼는데.

이번엔 어떻게 될까?

이 정도 비바람이라면 Change The World가 이뤄질까?

"말도 안 돼. 프레디 머큐리가 죽었대."

"예?"

"몰라. 지금 뉴스에 났어."

"정말요?"

"에이즈 고백하자마자 죽다니. 이럴 수가 있나."

이학주가 탄식하며 고개를 절레절레 흔들었다.

그 사람이 이때 죽었던가?

"……."

개인적인 삶이 어떻든 퀸의 팬으로서 가슴이 아팠다.

존경심의 표시로 퀸의 곡은 일부러 건들지 않았는데 올 초에 발매된 스튜디오 앨범 Innuendo가 그의 유작이 될 줄이야.

그 충격에서 헤어 나오기도 전에 마이클 잭손이 Dangerous를 발표, 세계 음반 업계를 송두리째 흔들었다.

Black or White가 수록된 앨범.

기가 막힌 곡이다.

Black or White는 사실 내가 수없이 건들려다 실패한 곡이기도 했다.

곡 자체는 베껴 올 수 있으나 보컬이 안 된다.

마이클 잭손처럼 부를 가수를 찾을 자신이 없었고…… 그의 화려한 퍼포먼스에 가려 모르는 사람들이 많은데 마이클 잭손의 보컬은 당대에서도 최고였다.

이틀 만에 Dangerous 뮤직비디오가 내 손으로 들어왔다.

역시나 손 안 댄 게 보람찰 정도로 빼어나다. 특히 동서양의 사람들이 얼굴만 나와 춤추는 장면은 압권. 티아라 뱅크스의 리즈 시절을 보는 것도 좋았다.

전화를 넣었다.

너무도 훌륭하다는 말에 마이클 잭슨은 기뻐했고 신난 나는 모든 1위를 갈아엎을 거라는 얘기도 해 줬다.

실제로 Black or White는 인종 차별이라는 사회적 주제를 최고의 슈퍼스타가 목소리를 높였다는 점에서 높은 평가를 받았고 빌보드 핫 100에서 7주 연속 1위를 차지한다. 미국에서만 800만, 세계적으로 3,000만 장이 넘는 판매고를 올린다.

물론 뒷맛이 깔끔하지만은 않았다.

마이클 잭슨 앨범 문제는 아니고 프레디 머큐리의 죽음 때문이었다.

아직 그의 장례식 방명록에 묻힌 잉크도 마르지 않았는데 사람들은 어느새 마이클 잭슨을 열광하느라 바빴다.

"이런 게 인기라는 거겠지."

바람 같은 것.

내 것인 것 같지만 돌아보면 어느새 남의 것이 돼 있는 것.

나는 마이클 잭슨의 죽음도 기억한다.

세계가 슬퍼하고 추모의 발길이 끊이지 않았다 하더라도 지나가는 순간 그도 사진으로만 남아 있을 뿐이었다. 나도 언젠가 그렇게 되겠지.

"……"

피식 웃음이 나왔다.

'전지적 평론가 시점', '묵흥', '달빛조각삼', '드래곤레자' 같은 것들이나 후려치며 기생할 궁리나 하던……. 이따위 단편적인 생각만으로도 기뻐했던 삼류 작가 주제에 상상도 못 할 곳에 올라 할 말은 아닌 것 같다지만 씁쓸한 건 씁쓸한 법이다.

다시 말하지만.

가정사가 더럽지 않았다면 나도 어쩌면 은인자중의 삶을 살 수도 있었다. 적당히 똑똑하고 적당히 나서고 적당히 귀염받고 말이다. 일신의 안위만 살펴도 드러나지 않는 갑부로서 일생을 편안하게 살았을 텐데…….

그런 면에서 부모님이 참으로 고마웠다.

그분들이 아니었다면 나는 절대로 여기까지 올라오지 못했을 테니까. 선천적 귀차니즘의 소유자로서 무척 게으른 삶을 살았을 테니까.

"찾아볼까?"

살짝 만나 볼까 했다가 금세 고개를 저었다.

사람은 안 변한다.

우리 아버지는 돌아가실 때까지도 안 변했다. 어머니도 마찬가지.

별로 보고 싶지 않다는 마음.

"나중에, 나중에 하자."

인정한다.

만나고픈 마음보다 현재 내 삶의 안정을 깨고 싶지 않다는 게 더 컸다.

Chapter 86

Chapter 86

1집 0.

2집 200만.

3집 10만.

4집 50만.

5집 0.

6집 100만.

7집 200만.

8집 CD 1,000만, LP 550만.

총 판매 CD 1,000만, LP 1,060만 장.

매출 1억 6천만 달러.

1991년 하반기 성적표였다.

두 군데나 ‘0’이 보인다는 게 특이점이다. 몇만 장 정도는 나갔는데 10만 단위로 커트한 것이라 이렇게 나왔다고.

하반기면 더 추락할 게 뻔히 보이는 성적표.

크어어어억.

페이트의 미국 진출 이래 처음으로 보는 숫자라.

하지만 김연은 내 생각이랑은 다른지 연신 미소를 보였다.

“2집이 참으로 기특하지 않습니까? 91년 상반기만 하더라도 10만 장에 불과하던 것이 200만 장으로 뛰었어요.”

“아…… 그렇네요.”

‘0’만 보여 2집이 200만 장이나 팔린 걸 못 봤다.

“왜 그런 거예요?”

“91년 초에 도쿄러브스토리란 드라마가 일본에서 초대박이 났습니다.”

“아!”

그 드라마가 있었다.

“ラブ·ストーリーは突然に(러브스토리는 갑자기)가 인기를 끌었군요.”

“그뿐 아닙니다. はじまりはいつも雨(시작은 언제나 비)도 청혼곡으로 유명해지며 판매를 도왔습니다. 지금 일본 소니가 이문셈이랑 김현신이를 보내 달라고 난리입니다.”

“아…….”

뒤늦게 효자 노릇이다.

오필승의 현재를 만들 기반을 허락해 준 앨범이었으나 세계 무대에서의 평가는 처참. 그래서 카운트할 때도 한쪽으로 치워 뒀던 앨범이었는데 이렇게나 존재감을 발휘하다니.

세상사 모를 일이다.

"그리고 페이트 전집에 관해선 조금 더 뒤로 미루기로 합의 봤습니다."

"그래요?"

작년에 제작하기로 얘기 끝낸 줄 알았는데 아니었나?

"딱히 이슈가 없어 미뤘습니다."

"이슈가 없다라……."

널린 게 이슈 아닌가?

"물론 8집부터 통일된 디자인을 책정하기로 합의 봤습니다. 9집, 10집에도 똑같이 적용시켜 전집을 사서 끼워 넣으면 되게끔 말이죠."

"아아, 앨범 발매는 하던 대로 진행하되 자켓을 통일된 디자인으로 해서 1집에서부터 7집까지를 더 제작한다는 거죠?"

"예, 이중으로 부담 가지 않게 말입니다."

"그건 괜찮네요."

양심적이네.

"10개 전집이 완성되면 이듬해는 컴필레이션 앨범도 제작할 생각인 것 같습니다."

"좋아하는 곡만 뽑아서요?"

"말은 그렇게 하는데 사실 어느 곡을 넣어도 매한가지지 않겠습니까? 페이트인데."

"부끄럽게 하시네요."

"진실이죠."

"무슨 얘긴지 알겠어요. 그럼 그렇게 하는 거로 알고 있을게요. 이제 화제를 좀 돌려 볼까요?"

"좋습니다."

살짝 겸손을 표했지만, 세계 무대에서도 페이트의 적수는 없었다.

그나마 위협하는 이가 마이클 잭손 정도인데 이도 이번 판매고를 보면 영향을 받는지 아닌지 드러날 것이고 그리 걱정되지도 않았다.

대신 그래서 오히려 한국 가요계가 신선했다.

페이트가 통하지 않는 유일한 곳.

특히나 올겨울은 신승후를 위한 계절이라.

2집 타이틀인 '보이지 않는 사랑'이 발매와 동시에 크로스오버라는 장르를 처음 대중에게 각인시키며 초대박 히트를 쳤다.

"승후는 완전히 자리 잡았습니다. 진석이한테 몰렸던 팬들도 승후한테 돌아서고 있고요. 다른 이들에겐 안된 일이지만 가히 신드롬 격입니다."

"잘됐네요. 드디어 꽃이 피나 봐요."

“밥도 못 먹고 다닐 때가 어제 같은데. 1집 정산분으로 부모님 집도 사 드렸다고 하네요.”

“돈도 쓸 줄 아네요.”

“총괄님 닮아서 그런 것 아닙니까.”

“또 부끄럽게 하시네요.”

“그렇게 생각하지 마십시오. 이번에 대상 탄 김정주도 총괄님만 바라보긴 마찬가지였지 않습니까.”

“아…….”

‘당신’을 부른 김정주다.

“KBS 가요 대상을 받던 날. 대단했지 않습니까?”

“경사였죠.”

“그 사람이 눈물을 그렇게 쏟는 걸 처음 봤습니다.”

“생각이 많았을 거예요. 한국에서 안 풀려 일본에도 가 보고 무명만 몇 년째인가요. 그런데 쟁쟁한 가수들을 다 누르고 91년 최고의 가수가 되었잖아요. 오만 생각이 다 들었을 거예요.”

“그렇습니다. 총괄님께 감사를 표현할 땐 저도 울컥했습니다.”

아무것도 없던 자신을 알아봐 주고 이렇게나 성공시켜 준 감사를 그는 눈물 콧물 다 흘리면서 표현했다.

이 옷도 이 모자도 다 총괄이 해 줬다면서 엉엉 울었다.

옆에 있던 민해경, 현천, 변진석, 이상운, 노사영, 김완서, 신승후도 감정 이입이 됐는지 같이 울었고 앵콜 곡도 결국 다

같이 울면서 불렀다.

다음 날 김정주는 반드시 그래야 한다는 표정으로 받은 트로피를 내 앞에 바쳤다. 오필승의 모든 식구가 그를 추켜세웠고 그 사진이 지금 1층 현관에 걸려 있었다.

"저도 감사하죠. 우리 가수가 잘된 일인데요."

"아무렴요. 조용길 이사님 외 우리 오필승 첫 대상이잖습니까."

별국화, 김현신, 이문셈, 최성순, 김완서, 박남전, 변진석 등 내로라하는 가수들을 배출한 오필승임에도 KBS 가요 대상과는 유독 거리가 멀었다.

MBC에선 1990년에 변진석이 '희망사항'으로 받긴 했는데.

"이제 됐습니다. 미국의 아메리칸 뮤직 어워드도 그래미 어워드도 한국 시상식도 모두 대상을 거머쥐었습니다. 음반 제작사에서 할 수 있는 일은 전부 해낸 겁니다. 우리가 다 먹었습니다. 하하하하."

"그랜드 슬램을 달성했군요."

"그랜드 슬램이요? 맞습니다. 그랜드 슬램을 달성했습니다. 하하하하하하."

돌아보니 그랬다.

전집 발매를 두고 김연이 이슈가 없음을 얘기한 것도 이제야 가슴에 와닿았다.

다 해 먹은 것이다.

더 이상 올라갈 데가 없다는 것.

음반 시장에서만큼은 무엇을 해도 더 큰 이슈가 되지 않을 것 같은 느낌이 들었다. 다시 그래미를 석권한다 한들 받아들이는 나도 그렇게 느껴질 지경이었으니.

'……'

이제 어떻게 해야 하나?

익숙해진다는 건 설렘을 잃는다는 것.

이 바닥에서 설렘을 잃는다는 게 어떤 의미일까. 시선을 돌리지 못하면 결국 마음 또한 떠날 테고 그건 곧 파탄과도 같았다.

하지만 이 시점 무엇이 내 정신을 번쩍 들게 할 만큼 충격을 줄 수 있을까?

"아마도……."

없겠지.

슬슬 정리할 때가 됐다는 것인가?

"……."

옛 버릇이 다시 도지기 시작했다.

무슨 일이든 파악하는 순간 지겨워지는 몹쓸 싹수.

결코 만나고 싶지 않은 무료함이 슬금 고개를 쳐들었다.

"후우……."

회귀 후 내 인생의 10년을 좌지우지하던 일이었건만.

이도 나를 채우지 못한다는 건가?

그 사실이 나를 슬프게 하였지만.

"……."

괜찮다.

옛 버릇이라 칭한 만큼 나는 이 무료함에 익숙하다. 이에 대한 타개책도 잘 알았다.

또 찾으면 된다. 언제나 그렇듯 또 찾으면 될 일이다.

그래서 그런지 김헌철이 복귀했음을 알려도 김건몬이 1집 작업에 돌입했음을 알려도 내 시선은 한곳만을 바라보았다.

삶이 반복이듯 이도 또한 내가 짊어질 짐이니까.

"주어진 일이나 하자. 찾다 보면 또 일이 벌어지겠지. 세상은 넓고 할 일은 많다."

생각을 정리하고 아메리칸 뮤직 어워드과 그래미 어워드에 참석하기 위한 계획을 잡고 있을 때 바다 건너 일본에서 희한한 소식이 들려왔다.

임기 말, 아시아·태평양 4개국 순방 길에 오른 부시 대통령이 일본 총리관저 환영 만찬을 즐기다 졸도하는 일이 벌어졌단다.

캐비어와 연어회를 함께 먹다가 스르르 쿵.

그가 졸도한 5분간 일본은 심장이 내려앉았다고.

사실 언론에서 호들갑 떠는 것처럼 큰일은 아니었다.

부시 대통령은 평소 건강이 좋지 못했고 졸도하는 일이 잦았다. 심지어 골프 치다가 스르르 쿵 한 적도 있을 만큼.

세계 언론은 일본이 큰일 날 뻔했다고 시시덕댔지만, 오히려 미국인은 그런 부시를 부끄러워했다.

대통령이 자기 건강 관리도 하나 제대로 못 한다고.

재밌는 건 이 일이 있은 후부터 지지부진하던 복기-1의 사업이 물살을 받은 듯 빨라졌다는 점이다.

부시 대통령의 심경에 변화가 생긴 모양.

졸도가 무언가 큰 선택을 앞둔 상황에서 트리거 역할 정도는 한 것 같았다.

외국 공식적인 자리에서 볼썽 상한 모습을 보인 이상…….
스스로도 자신의 건강 이상이 악재란 걸 깨달았는지 내가 뮤직 어워드 수상을 위해 미국행 비행기에 올랐을 즈음 미국은 섹스 스캔들로 몸살을 앓았다.

론 케일론 상원 의원과 몇몇 의원들이 직업여성을 불러들여 누드 파티를 연 장면이 대문짝만하게 매스컴을 탄 것. 옴마야, 누가 가져다 놨는지 마약도 발견됐다고 한다.

공화당은 쿵.

언론들은 신나서 스캔들을 내보냈고 다음 날로 AT&T 사장과 일곱 벨의 대표가 정홍식 앞으로 와 쿵 하고 무릎 꿇었다. 살려 달라고.

이때 정홍식의 활약이 끝내줬다.

어르고 달래고 줬다 뺐었다 몇 번을 쫓아 보내고……
AT&T의 지분 10%를 얻고서야 도장을 쿵.

아주 nice!

◇ ◆ ◇

한번 이 악문 부시 대통령의 행보는 무시무시했다.

섹스 스캔들이 터지며 이리저리 얻어터지느라 정신없는 가운데에서도 공화당 내 대통령 후보 경선에 관한 얘기가 나돌 때라 그 자리에 나가 단호히 재선을 포기한다고 발표하며 공화당에 팔팔 끓는 물을 퍼부었다.

앗 뜨거!

그렇지 않아도 뭇매 맞는 상태에서 나설 후보도 없는 공화당은 서둘러 인물을 물색했지만, 유력자들도 판세를 보는 건 마찬가지였다. 하나둘 경선을 포기하였고 이번 대통령 선거는 끝났다는 말이 나돌 정도로 자포자기 상태에 빠졌다.

반면, 민주당은 젊은 미국이라는 슬로건을 내건 클린턴이 페이트와 찍은 사진을 앞세우며 돌풍을 일으켰다. 본인이 직접 언급하지는 않았지만, 보좌관의 입을 통해 페이트가 이 미국에서 가장 먼저 찾아온 사람이 누구인지를 밝혔다고.

차근차근 입지를 다졌고 더불어 증조할아버지 시절부터 내려오는 정치 명문가이자 재력가 가문 출신에 테네시주 연방 하원 의원 4선, 연방 상원 의원 재선까지 성공한 앨 고어를 러닝 파트너로 영입, 그렇지 않아도 승승장구던 지지율에 날개를 달았다.

북적북적.

미국 정계가 92년 초입부터 뜨겁게 달아오를 때 무난하게 아메리칸 뮤직 어워드에 입성한 나는 Favorite Pop과 Rock, Rap, Hip-Hop 부문을 수상하며 존재감을 피력했고 남은 시간 LA 한인타운에서 때우다가…… 이때 실로 융숭한 대접을 받았다. 집으로 초대도 받고 음식도 싸 주고 따뜻하게 반겨 주고…… 그 온정에 기뻐 LA 한인타운 조합에 100만 달러를 기부했다.

그렇게 또다시 그래미 어워드가 열리는 LA 슈라인 오디토리엄에 발을 디뎠다.

엄청난 환호가 쏟아져 나를 들뜨게 했다.

작년부터 달궈 놨던 용광로가 폭발 직전으로 Change The World를 외쳤고 나는 주인공으로서 그들을 향해 손을 흔들어 줬다.

호스트의 선언과 함께 제34회 그래미 어워드의 문이 열렸고 깔끔하게 Pop과 Alternative Rock, Rap, Hip-Hop 부문에서 수상을 해 줬다. 월드 뮤직에서도 Macarena가 수상.

하이라이트인 제너럴 부문 시상에서는 Best New Artist로 마크 콘이라는 가수가 영예를 받았다.

자서전 격인 동명의 앨범을 발표, Walking in Memphis라는 곡으로 큰 인기를 끈 사람이었는데 사랑해 준 팬들에 기쁨과 환호로 감사했다.

그리고 Song of the Year에는 모두가 예상했듯 Change

The World가 수상, Record of the Year도 Change The World가 차지했다.

"대망의 Album of the Year 수상자는 페이트, Change The World. 축하합니다."

88년, 89년 이래 침체기(90년 1개, 91년 1개)를 걷던 페이트가 다시 제너럴 세 개 부문을 휩쓸자 관객석 모두가 벌떡 일어나 박수를 쳐 줬다.

페이트는 당할 수 없다! 몬스터!라고 외쳤다.

재밌는 건 '몬스터!'라는 외침을 듣자마자 파워스로 약진하는 J&K의 다음 제품이 생각났다는 점인데.

훗.

이 순간에도 집중 못 하는 얄팍한 의지력을 탓하며 두 손을 번쩍 들어 올렸다. 미국 나이 6살에 처음 만나 15살이 될 때까지 나의 성장과 함께한 팬들에게 영광을 돌렸다.

호스트가 물었다.

"요즘 어디를 가도 Change The World를 부르는 걸 봅니다. 길거리부터 음악을 공부하는 학생들, 애착 의자에 앉길 즐기는 노인들까지 모두요. 어떤 사람은 페이트의 작년 행동을 보고 정치와 연관 지어 말하기도 하지만 이 곡이 만들어진 시점을 보면 독일 통일 혹은 냉전 시대의 종식과 닿은 것 같은데 곡을 만든 의도를 설명해 주실 수 있나요?"

핵심에 훅.

제법 날카롭구만.

환호하던 객석 또한 순식간에 조용해졌다.

모두가 나를 바라보았으며 내 입에 집중했다.

"으음……. 처음 듣는 질문이네요."

"예?"

호스트와 관객이, 시청자가 당황해하나 내 말은 아직 끝나지 않았다.

"그래서 더 훌륭한 질문이기도 합니다."

"아아, 그렇습니까?"

"맞습니다. 독일 통일, 냉전의 종식을 염두에 두긴 했어요. Wind of Change가 변화를 소망하며 쓴 곡이라면 Change The World는 변화된 세상이 이랬으면 좋겠다는 바람으로 썼으니까요. 부디 나보다 다른 사람을 조금 더 사랑해 줬으면 하는 마음으로요."

"나보다 다른 사람을 사랑하라고요?"

"너무 이상한 말인가요?"

"어어…… 그건 아니지만, 요새 유행하는 나 자신을 먼저 사랑해야 한다는 말과는 조금 다르네요. 왜 그런 생각을 했는지 알 수 있을까요?"

"그것도 말씀드리는 건 어렵지 않아요. 자기 자신을 사랑하라는 말은 이곳에 계신 분들부터 이곳을 지켜보고 계신 시청자분들도 아주 많이 들었을 거예요. 심리 치료 같은 곳에서는 거의 매일 듣는 말일 테고요. 사회도 그렇게 말해요. 저도 그렇게 들었고요. 그래야 행복하게 살 수 있다고요. 물론 일부는 동의해요. 하지만."

"……."

"제 경험상 너무 자기만 바라보는 건 별로 행복하지 않더라고요. 저를 위해 돈을 쓰는 것도 저를 위해 무엇을 하는 것도 역시 금세 흥미를 잃어버리더라고요. 어느 정도……는 즐겁더라도 어느새 의미 없어지는 거죠. 그런데 주변, 제가 사랑하는 식구들을 위한 무언가를 할 때는 전혀 달랐어요. 그들이 웃는 모습을 보며 너무도 뿌듯한 감정을 느꼈어요. 그래서 알았죠. 사람은 절대로 혼자선 살 수가 없음을요."

"아아……."

"저는 이렇게 생각했어요. 말로 표현이 안 될 정도로 아름다운 우리 지구촌에서 어째서 이런 비극들이 펼쳐지는지……. 아마도 비극을 일으킨 장본인들은 자기만을 엄청 사랑했을지도 모르겠어요. 그래서 결과가 어떻게 됐나요? 모두가 행복했나요? 아니요. 여러분도 스스로에게 물어보세요. 지금 나만을 바라보는 내가 정말 행복해하고 있는지."

"……."

"행복해하고 있지 않다면 바꿔야죠. 얼마 전 세계 인구가 50억이라는 말을 들었어요. 인식하지 않더라도 이미 우리 주변엔 50억 개의 세상이 존재해요. 제가 말씀드리는 바는 부디 자기 안에 갇혀 힘들어하지 마시고 보다 넓은 세상을 보시라는 거예요. 사랑을 해 보신 분들은 아시잖아요. 그분을 위해, 다른 세상을 위해 기꺼이 움직이는 스스로를 보셨잖아요. Change The World? 결코 어려운 일이 아니에요. 다른 사람을 사랑하면 돼요. 그러면 내 세상도 바뀐답니다."

이 소감이 또 한 번 미국을 쳤다.

극도의 개인주의를 걷는 미국 사회가 나의 말에 충격받았고 가슴을 쓸어내렸다.

뜻있는 사람들이 하나둘 나서며 내 말에 동조하였고 또 사회에 경종을 울리자 했다. 공감하는 사람들이 점점 더 늘어가자 반전 시위자들은 더욱 피켓을 높이 들어 올리며 외쳤다. 서로 사랑하자고.

환경 보호자들도 내 이름을 연호했다. 나의 소감을 인용해 문구를 만들어 배포했다. 우린 너무 우리만 보고 사는 게 아니냐고.

뉴스에서도 나를 가만히 놔두지 않았다.

언제부터 미국 사회가 타인의 어려움을 외면하는 게 미덕이 됐는지 집중 조명하였고 Change The World를 드높였다.

클린턴도 얼른 따라붙었다.

Change The U.S.A를 외치며 미국 내 소수 인종에 대한 우호적 정책을 펼칠 거라 약속하였고 우선 본인부터 바뀌겠다 맹세했다.

나는 의례적인 행사 격으로 백악관에 초청을 받았으며 나와 함께 카메라 앞에 선 부시 대통령은 남은 임기 동안 Change The World를 위해 최선을 다하겠다는 포부를 밝혔다.

그들은 내가 조금 더 오래 머물며 선거에 도움이 되길 원했지만, 나는 학생, 너는 정치인. 학생에게 학업만큼 강력한 평계는 없었다.

물론 한국도 보통 난리가 난 게 아니었다.

나 때문은 아니었고 현도그룹 정주연 왕회장이 널뛰기 시작하면서부터였다.

어느 날 갑자기 대통령 선거에 출마하겠다며 창당을 하더니 지금껏 압력에 못 이겨 정치권에 로비를 해 왔다는 사실을 까발렸다.

그렇지 않아도 부정 축재와 뇌물과 관련하여 강력한 의지를 발하고 있던 청와대에 발리스타가 꽂힌 것.

적잖이 당황해 어떤 조치도 못 하는 사이 국민은 정주연의 말을 믿었고 노태운 너도 뒤에서 호박씨나 까고 있던 게 아니냐는 의심의 눈초리를 보냈다.

발끈한 노태운은 정면 돌파를 선택, 오히려 정주연 왕회장의 재산 취득 과정이 불법적이었다며 공격했다.

그러자 이번엔 현도건설이 청와대 신축 공사 관련 잔금 225억여 원 청구 소송을 서울 민사 지법에 제기하며 사태를 혼전으로 몰아갔다.

호사가들이 들끓는 대포집도 시끄러웠다.

"난리네. 난리야. 이 새끼들. 뒷구녕으로 개지랄 떤 거 맞는 거 같은데."

"정치하는 놈들 돈 받아 챙기는 게 하루 이틀도 아니고. 그래도 좀 실망인데? 우리 대통령마저 이럴 줄은 몰랐어."

"대통령이 받았겠냐? 아랫놈들이 받았겠지."

"그 아랫놈들이 받아서 위로 올린 거 아니겠어?"

"그건 보면 알겠지. 그 아랫놈들을 처리하는 거 보면."

신뢰도에 상처를 입은 이는 비단 청와대뿐만이 아니었다.

정주연 왕회장은 김영산도 김대준도 마구 찔러 댔다. 이 대한민국에서 내 돈 안 받은 놈 있냐며 똥물을 뿌려 댔고 자꾸만 적을 늘렸다.

물론 효과는 확실했다.

여당 지지율 폭락.

3월 24일에 치러진 제14대 국회 의원 선거에서 여당은 149석으로 과반수 확보에 실패.

김종핀마저 총선 패배에 책임지며 최고위원 자리에서 사의를 표명하고 국민의 시선에서 사라진다.

정국이 어수선하였다.

삐 삐 삐.

"이거 무슨 소리야?"

“그러게. 희한한 소리가 나네.”

“저쪽에서 나는 것 같은데.”

그러던 어느 날이었다.

점심시간이라 함께 모여 밥을 먹는 중 요상한 소리가 교실을 울렸다.

다들 뭐냐며 소리의 진원지를 찾는데.

한태국이 씨익 웃으며 자기 옆구리를 가리킨다.

“너희들 이런 거 알아?”

“뭔데?”

“그게 뭐야?”

휘둥그레.

대뜸 번호를 적어 보여 준다.

“하여튼 시대에 뒤떨어진 놈들. 이게 바로 삐삐란 거다. 이 번호로 전화해서 네가 있는 곳 번호를 남기면 여기 화면에 번호가 뜨는 거야. 내가 딱 보고 전화하는 거지. 무슨 뜻인지 알겠냐?”

신기했다.

무선 호출기가 신기한 게 아니라 고등학교 시절에나 엄청 유행할 물건을 벌써 저 한태국이 손에 넣었다는 것이.

“대운아, 너도 삐삐 쳐라. 아니, 이참에 너도 한 대 장만해라. 같이 삐삐 치고 그러자.”

“얼만데?”

“기계는 5만 원. 월 3천 원만 주면 개통돼.”

괜스레 억울한 마음이 들었다.

다른 놈도 아니고 한태국에게 뒤처지다니.

"나는 탱크가 나오면 할란다."

"탱크?"

어마어마한 진동력에 던져도 끄떡없던 모토로라표 삐삐.

어찌나 센지 진동 한 번 떨면 빡빡한 수업마저 맥이 끊기는 전설적 삐삐.

"그런 게 있어. 나야 뭐 학교 집 회사니까 지금은 필요 없지."

"하긴 범생이는 천천히 가져도 되겠지. 너희들 괜히 이거 갖고 싶다고 엄마한테 조르지 마라. 알았냐? 물론 나랑 놀고 싶으면 삐삐 치고. 쿠쿠쿠쿡."

으스대지만 한태국이 삐삐를 장만한 이유는 뻔했다.

최연주와의 연락을 더 원활하게 하기 위해서가 아닐까.

하여튼 일편단심.

착한 놈.

아무튼 오늘은 한태국에게 받은 타격도 있고 해서 회사도 얼굴만 내비치고 일찍 퇴근하려 했다.

괜히 삐삐나 한 대 장만해 볼까 고민하며 밖으로 나가는데 하광운이 나를 아는 척했다.

"어디 가십니까?"

"퇴근할까 하고요. 어디 가세요?"

"방송국 섭외가 들어와서요. 신인들 앨범이 나오면 평가해 주는 컨셉이라는데 한번 같이해 보자고 해서 호기심이 들더라고요.”

“신인들 앨범 나오면 평가해 주는 프로그램도 있어요?”

“예, 금주에 나왔던 앨범 중에 하나 뽑아서 직접 보여 주고 평가하는 겁니다. 이제 시작하는 코너라 잘 모르실 겁니다.”

“그래요? 재밌겠네요.”

“저도 그래서 가 보는 거예요. 뭘 어떻게 하는지 보려고요.”

흐음…….

왠지 끌렸다.

할 일도 없고 집에 들어가면 발 닦고 잘 일뿐인데.

결국 하광운을 붙잡고야 말았다.

“저도 같이 가도 될까요?”

“총괄님도요?”

화들짝 놀란다.

“오늘은 딱히 할 것도 없고 구경하는 건 괜찮죠?”

“그럼요. 총괄님이 오시면 최고죠.”

환영하는 건지 사회생활을 잘하는 건지 모르겠지만, 하광운은 격하게 나를 반겼다.

같이 차를 타고 슝.

멀리 갈 것도 없었다.

여의도 내 MBC 정문은 오필승과 가깝다. 금세 도착했고 하광운의 뒤꽁무니를 쫓아 조용히 입장했다.

스태프의 안내에 따라 대기실에 들어갔더니 가수 전영로가 보였다. 그 옆에는 작사가 양인장, MC 이상별이 담소를 나누고 있었다.

인사를 건네도 나를 못 알아본 이들은 멀뚱멀뚱.

순간 팍! 떠올랐는지 하나같이 일어나 반겼다.

"아이고, 여긴 웬일입니까?"

"세상에 정말 맞습니까? 제 앞에 계신 분이 정말 그분이십니까? 난 보고서도 믿을 수가 없어서."

"어머어머어머."

난데없는 소란에 큐시트를 들고 상의하러 오던 PD도 놀라 자빠졌다.

나를 알아본 여자 스태프들은 꺅꺅 소리를 질러 댔고 페이트가 떴다는 소식은 순식간에 퍼져 대기실로 향하는 복도가 마비될 정도.

시간이 남아돌아 구경 왔다는 말은 도저히 꺼내지 못했다.

기회를 잡았다 판단한 PD는 어떡해서든 나를 평론가 자리에 앉히려 하였고 나중에 국장까지 내려와 부탁에 부탁을 해 댔으니.

난감하긴 한데. 매몰차게 끊을 수도 없고.

할 수 없이 고개를 끄덕이자 세트는 즉시 오 인석으로 바뀌고 이제는 또 자리 배정을 두고 한바탕 홍역을 치렀다.

누가 앞에 앉아야 하느니 누가 뒤에 앉아야 하느니 말이 많길래 무조건 맨 마지막으로 달라고 했다. 단발성에다가 제일 늦게 끼었으니 이렇게 가는 게 맞겠다고.

설마 반대하시냐고 물어보자 PD는 얼른 오케이를 날렸다.

'특종 TV 연예계'라는 프로그램이었다. 그곳의 작은 코너. 신인들 앨범 소개하고 그중 한 팀을 불러다 평가받게 하는 내용인데 칭찬을 아주 박하게 하는 컨셉이다. 2000년대로 말하면 파일럿 프로그램.

그런 코너에 페이트란 대어가 출현했으니 방송국이 흔들릴 수밖에.

이전까지 나는 뉴스에나 나오는 사람이지 다른 프로그램 쪽으로는 일절 거절이었다. 예능은 더더욱.

출연할 시각이 되었다.

가수이자 MC로 이름을 날린 임백철의 진행 아래 프로그램이 열렸고 대기하던 우리는 코너를 알리기 직전 자리에 앉아 소개를 기다렸다.

"자, 이번 순서는요. 금주에 나온 신곡을 보여 드리고 그중에서 한 곡을 뽑아, 그 가수를 초대해 직접 들어 보는 시간인데요. 심사 위원의 심사도 듣고 평점도 매겨 보는 그런 코너입니다."

말을 하며 임백철이 예닐곱 장의 앨범을 들었다.

"지금부터 금주의 신곡을 소개해 드리겠습니다. 지금 이 앨범은 지석준이란 남자 가수가 낸 건데요. '우울한 오후엔 미소를'이라는 노래로 여러분께 찾아왔습……."

지석준의 앨범이었다.

MC로 예능으로 2000년대를 달릴 방송인.

그의 앨범을 보는 순간 어떤 사실이 떠올랐다.

'그게 오늘이었어?'

지석준이 중요한 게 아니었다.

그가 낸 앨범이 폭망한다는 걸 나는 알았다. 누군가에 의
해, 훗날 두고두고 개그 소재가 될 일이 오늘 벌어진다.

그 누군가가 중요했다.

90년대 대중 음악계에 획을 그은 남자가 오늘 바로 지석준
과 같은 장소에서 데뷔한다.

태진보이스.

그들이 이곳에 있었다.

"자, 이렇게 많은 앨범이 나왔군요. 금주의 신곡 무대를 보
여 드리기 전에 우선 심사 위원을 볼까요?"

카메라가 하광운을 잡았다.

"먼저 '홀로 된다는 것'의 작곡가 하광운 씨입니다. 여러분
박수로 맞이해 주세요. 자, 옆으로 요즘 화제의 노래죠. '타타
타'를 작사하신 양인장 씨입니다. 이쪽은 연예 평론가 이상별
씨입니다. 전영로 씨 안녕하세요. 그리고 마지막으로 아주
귀한 분이 오늘 이 자리에 오셨습니다. 그래미 5년 연속 수상
에 빛나는 대한민국 국보급 천재죠. 페이트입니다."

박수 치던 손들이 순간 멈췄다.

잘못 들었나 싶었던 방청객들은 임백철이 재차 페이트라고 강조했음에도 박수는커녕 웅성대기 시작했다. 오늘 특별히 여고생 방청객들이 초청돼서인지 웅성대는 소리가 무척 컸다.

그러든 말든 모든 카메라가 나를 비추었고 나도 마음을 가다듬고 인사를 하였다.

"페이트입니다. 우연한 기회로 이렇게 찾아뵙게 됐네요. 신중을 기해 자리에 임하겠습니다."

인사를 해도 조용.

박수를 유도하는 FD가 난리를 치고 나서야 방청객들도 우레와 같은 함성과 박수를 내었다.

그렇게 태진보이스의 '난 알아요' 무대가 시작되었다.

"……."

이렇게 영광스러울 수가.

감격스러웠다.

문화 대통령의 데뷔 무대를 1열에서 볼 기회를 잡다니. 참고로 진짜 데뷔는 3월에 했다고 하는데 나는 못 봤다.

어두운 무대 위 세 명이 나란히 서 있었다.

리믹스 느낌의 인트로와 함께 어릴 적 내가 매일 따라 했던 그 댄스가 나왔다.

날뛰는 양현설과 이준노. 그 사이를 진두지휘하는 서태진.

"……!"

모든 게 내가 그렸던 장면이고 고대했던 순간인데…… 정겹고 기쁘고 감사함에도 부족한 순간일 텐데.

"아······."

왜 이럴까.

왜 이렇게 거슬릴까.

저들의 공연 속에서 자꾸만 다른 것이 보였다.

그것도 제일 싫어하는 밀리 바닐리가.

1990년 그래미 어워드 신인상에 빛나다가 몰수당한 최악의 사기꾼들이.

밀리 바닐리를 인식하자마자 나는 이 위화감의 정체를 알 수 있었다.

'아······.'

젠장.

어떻게 이럴 수가.

내가 그토록 좋아하고 가슴 떨려 했던 스타의 시작이 이런 식일 줄이야.

수많은 아티스트 중에서도 또 하필 밀리 바닐리라니.

밀리 바닐리의 1989년작 Girl You Know It's True.

'난 알아요'와 똑 떨어지는 코드 진행이 의심을 확신으로 만들어 주었다.

하늘이 무너지는 기분이었다. 밖으로 뛰쳐나가고픈 충동마저 일었다. 배신감에 어금니가 악물려졌다.

그래도 방송은 계속된다.

임백철은 하광운에게 무대가 어땠냐고 물었고 하광운은 PD와 미리 약속한 대로 멜로디 라인이 약하다면서 트집을 잡았다. 작사가 양인장도 가사의 내용이 더 신선했으면 좋았을 거라는 되지도 않는 말을 늘어놓았고 연예 평론가로 초청된 이상별은 동작에 노래가 묻힌 것 같다며 지그시 밟고 서태진과 안면이 있던 전영로는 말을 조심하는 대신 시청자들에게 바통을 넘겼다.

나에게까지 질문이 왔다.

모든 이가 나를 쳐다보았고 내 평가를 숨죽여 기다렸다. 태진보이스도 목울대가 꿀꺽 넘어갔다.

언젠가 이런 기사를 읽은 적이 있었다.

'특종 TV 연예계'에 출연해서 악평을 들었는데 당시 기분이 어땠냐는 기자의 질문에.

-출연 전 프로그램의 방향을 알았다. 그 프로그램이 신인들 음악을 듣고 악평하는 걸 최초로 한 거로 알고 있다. 우리가 뜨고 나서는 상관없게 되었지만, 사람들이 뭐라 한 걸 알았다. 평론가분들이 고생하신 것 같다.

당시 아무것도 몰랐던 나는 역시 대인배라고 엄지를 추켜세웠고 그를 더욱 열광했다.

"……."

어떻게 할까?

이대로 밝혀?

눈 한 번 질끈 감으면 대중은 스타를 잃지 않아도 된다.

하지만 그러기엔 그가 가질 영향력이 너무나 컸다.

그리고 표절은 반드시 티가 난다.

먼 훗날 이것을 잡아내지 못한 논란 속에 울고 있는 내가 보였다.

호기심에 따라온 것이 너무나 후회된다. 집으로 갔다면 이런 고민을 사서 하지 않아도 됐을 텐데.

"페이트? 페이트?"

"아…… 예."

"심사평을 들어 볼 수 있을까요?"

"죄송합니다. 갑자기 생각이 많아져서."

안 되겠다. 이것저것 안 될 땐 하나만 하자.

'날 울리지 마' 한 방에 김창한도 날린 나다. 그를 모른 척한다는 건 페이트란 정체성과도 맞지 않다.

표절은 오로지 나만 하는 것이다.

"이 곡을 누가 썼나요?"

"저……입니다."

서태진이 손을 번쩍 든다.

"작업하실 때 프랭크 파리안의 허락은 받은 거예요?"

"예?"

전혀 모르는 표정이다.

아아…… 역시.

"샘플링이라도 상업적으로 쓰려면 허락을 받아야 해요. MC님, 앨범 좀 볼 수 있을까요?"

"무슨…… 일이신지."

"우선 줘 보세요."

임백철이 주는 태진보이스 1집을 살펴보았다. 어디에도 샘플링이나 리메이크에 대한 사용 허락이 없었다.

"아무것도 없네요. 허락받았다면 표기해 놨을 텐데. 이러면 아무리 잘 만들어도 교묘하게 베낀 게 되잖아요."

"예?!"

"1989년 밀리 바닐리가 발표한 Girl You Know It's True와 코드 진행이 너무도 똑같아요. 사용 권리를 사 온 게 아니라면 이 곡은 명백한 표절입니다."

쿵.

사람들이 놀라 태진보이스를 쳐다보았다.

양현설, 이준노조차 놀라 서태진을 보았다.

"아니에요. 아니에요! 제가 다 작곡했어요."

기겁한 서태진이 부정해 본다지만.

상대는 나, 페이트였다.

세계가 인정하는 대중 음악계의 살아 있는 레전드.

그 권위는 일개 신인 따위가 감히 넘볼 계제가 아니었다.

더 볼 것도 없었다.

고개를 절레 저은 나는 밖으로 나가 버렸고 사람들은 혼란에 빠졌다. 임백철이 서둘러 마무리를 지어 보지만 이미 늦었다. '특종 TV 연예계' 신인 소개 코너도 오늘을 끝으로 사라질 것이다.

후회는 없었다.

내가 사랑한 스타가 오물투성이라면 차라리 내가 밟는다. 두고두고 오욕 속에서 비겁하게 살지 않게.

다음 날 난리가 났다.

페이트의 깜짝 예능 출현도 기가 막힐 노릇인데.

거기서 또 표절을 잡아냈다.

모든 연예 프로그램이 내가 일러 준 대로 Girl You Know It's True와 '난 알아요'를 비교 분석하기 시작했고 전문가라고 나서는 이들 전부가 나의 권위를 인정했다. 시나윈의 신대천 또한 '이거 어디서 많이 들어 봤는데, 어디서 많이 들어 본 거 같은데……'란 인터뷰를 통해 세션 참여 이야기를 해 주며 고개를 갸웃댄 사실을 밝혔다.

원역사에서는 서태진도 시나윈의 멤버였으나 신대천이 날 만나 세계 무대로 옮기며 만남이 뒤틀렸다. 지금은 음악계의 선후배 정도로 서로를 인식한다.

일이 이쯤 되자 공연 윤리 위원회 가요·음반 전문 심의 위원회 부서장이 된 황갑철이 나섰다.

표절을 사유로 판매 금지 처분을 내렸고 시중에 깔린 음반 전부를 수거해 소각해 버렸다. 방송국에서도 일절 내보내지 않았다.

끝.

아 참, 이러면 양현설은 어떻게 되지? 엔터테인먼트를 못 세우나?

모르겠다. 알아서 하라지.

◇ ◆ ◇

생각이 꼬리에 꼬리를 물듯 서태진으로 파생된 표절 논란은 멈추지 않았다. 그동안 의심만 하던 여러 곡이 물망에 올라 비판받았고 거기엔 일본에서 나를 물 먹인 키보이슨의 '해변으로 가요'도 있었다.

각성이 필요하다는 소리가 높아졌다. 수많은 작곡가가 이에 대해 한마디씩 던지며 표절은 죄악이라 말했다.

한국 가요계가 때아닌 폭풍우에 시달리고 있을 때 원인 제공자인 나는 학생으로서 학교에 다니기 바빴고 삐삐 하나로 인싸가 된 한태국은 점점 더 꼴사나워졌다.

그렇지만 나는 한태국 따위에 흔들릴 인격이 아니다. 머릿속으로는 다른 고매한 문제를 심각하게 고민하는 중이었다.

"어떻게 할까? 어떻게 해야 매끄럽게 넘어갈까?"

역시나 이 말도 얄미운 한태국 따위를 응징하고자 하는 뜻이 아니다.

중딩 하나 기고만장한 것쯤이야 한 방에 수그러들게 할 수 있는데.

전혀 엉뚱한 곳에서 아주 커다란 문제가 슬슬 다가오고 있었다.

우리 미국 동포가 피눈물을 흘리게 생긴 것.

"후우……."

LA 폭동이다.

인종 차별이 어쩌고저쩌고 잔뜩 피해자 코스프레를 해 놓고 오히려 백인보다 더 포악하게 우리 재미 한인 동포 상점을 약탈·방화하는 놈들 말이다.

금액으로만 최소 3억 5천만 달러의 피해액에 크고 작은 점포만 2,300여 개가 소실되는 사건.

전작에서 다뤄 봐서 잘 알고 있었다. 오대길이가 어떻게 풀어냈는지도.

하지만 오대길이는 첫날 당하고 난 뒤에서야 부랴부랴 일을 해결했다.

나는 그게 싫었다.

아예 피해를 안 입게 하면 어떨까?

한 열흘간 민간 군사 기업 같은 곳을 대여해 한인타운을 방어하게 하면 괜찮지 않을까?

제아무리 멍청한 놈들이라도 총부리 앞에선 약탈은 못 할 게 아닌가.

"젠장."

그러니까 그걸 실행시킬 명분이 없었다.

대뜸 PMC를 수소문해 한인타운 주변에 깐다면 누가 좋아할까?

"이것도 순리로는 안 되나? 일단 후려치고 봐야 하는 건가?"

내 머리론 도저히 방법을 못 찾겠다.

그래서 정홍식에게 연락했다.

"아무래도 조짐이 좋지 않아서요. 이번에 대접받은 것도 있고 모른 척하면 안 될 것 같은데……."

정홍식도 마찬가지였다.

아무런 근거도 없이 어떻게 민간 군사 기업을 그곳에 깐다는 건지 도무지 이해를 하지 못했다.

[총괄님, 문제가 생길 소지가 큽니다. 괜한 위화감 조성이 될 수도 있고요. 흑인들을 자극할 우려도 있습니다.]

"안 되나요?"

[현재로선 말리고 싶습니다.]

이것이 바로 회귀자가 짊어져야 할 페널티리라.

아무도 알아주지 않는 것.

혼자만 끙끙 앓아야 하는 것.

"이도 그냥 처리해 주시면 안 될까요?"

[역시 그렇군요. 무조건 해야 하는 것. 사실 안건을 꺼낼 때부터 예상했습니다.]

"섭섭하세요?"

[섭섭은요. 제 역할은 상식적인 선에서 어떤 판단이 오갈 수 있는지 총괄님께 알려 드리는 겁니다. 너무 멀리 가지 않게요.]

"충분히 역할을 다하고 계세요. 앞으로도 부탁드리고요."

[알겠습니다. 날짜는 언제로 잡을까요?]

"4월 29일이요. 로드니 킹 판결이 내려지는 날부터 열흘간."

[그리 조치해 놓겠습니다. 이왕 하는 김에 아무도 못 들어오게 성벽을 쌓아 놓을까요?]

"그것도 좋겠죠. 자동차로 삼층탑을 쌓아서 불 질러 버려요. 한인타운으로는 접근도 못 하게. 아! 한 가지 더요."

[무엇입니까?]

"거기에 기생하는 폭력배들이 있을 거예요. 그것들도 다 싸잡아 치워 주세요. 다시는 못 들어오게."

[갑자기 폭력배요?]

"우리나라에서 범죄와의 전쟁이 일어나자마자 튄 놈들이 있어요. 거기서도 제 버릇 개 못 주고 있고요."

[비용이 추가되겠네요. 어! 이거 좋은 명분이군요. 그렇다면 4월 24일부터 보름간 주둔하는 건 어떻겠습니까? 한 5일은 깡패 때려잡고 D-day에는 자동차 탑을 쌓고요.]

"좋아요. 그게 좋겠어요."

[알겠습니다. LA 한인 사회와 연락해서 처리하겠습니다.]

"감사해요."

[뭘요. 아무것도 안 하는 것보단 조금 과한 게 낫습니다. 손실이라고 해 봤자 얼마 나지도 않을 테고요.]

"그럼 부탁할게요."

[걱정 마시고 맡겨 주십시오. 확실하게 해 놓겠습니다.]

Chapter 87

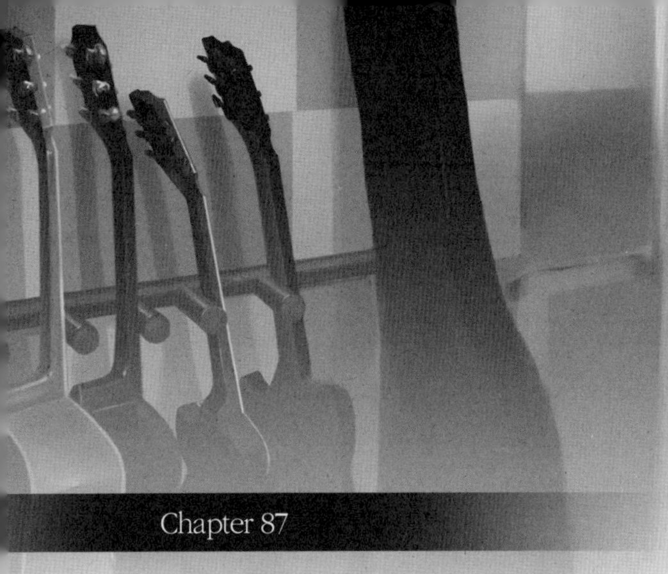

내가 아는 LA 폭동의 주요 경과는 이랬다.

1. 1991년 3월 로스앤젤레스에서 몇 명의 교통경찰관이 과속 운전을 한 흑인 청년 로드니 킹을 체포하는 과정에서 무차별적으로 구타하는 장면이 담긴 동영상이 뉴스에 방영된다.

2. 흑인 인권이 심각히 침해되었다고 분개하는 가운데, 1년 후인 1992년 모두의 시선이 집중된 상태에서 재판이 열린다.

3. 12명의 배심원이 구속된 경찰관들에게 무죄 평결을 내린다. 이 판결에 분개한 빈민층의 흑인 사회(라틴계도 상

당수 포함)가 폭발, 시위로 번졌고 급기야는 폭동으로 비화
한다.

　이때가 1992년 4월 29일이었고 평결이 내려지는 걸 실시
간으로 경청하던 LA 남부 지역의 흑인들이 결과에 불복하여
거리로 뛰쳐나온다. 마침 노르만디와 플로렌스 교차로를 지
나던 백인 트럭 운전자가 재수 없게 잡혀 구타당한다.

　헬리콥터 생중계로 이 장면을 시청한 흑인들은 신호라도
받은 양 일제히 주변의 주유소와 가게를 약탈, 순식간에 LA
한인타운을 비롯한 도시 대부분이 폭도들에게 불타는 폭동이
일어났고, 주 정부군이 투입되는 5월 4일에 가서야 진정된다.

　누구도 책임지지 않고 당한 사람만 바보가 된 사건.

　내 보기에 그놈들은 인간이 아니라 시위대의 탈을 쓴 검은
마적이라고 봐야 옳았다.

　닥치는 대로 부수고 약탈하고 불태우는 나쁜 놈들.

　정홍식은 전면에 나서지 않고 LA 한인 사회와 PMC와의
계약을 도와 4월 24일부터 LA 한인타운과 그 주변을 순찰하
며 폭력배들을 소탕했다. 갑작스러운 무장 용병들의 출현에
신고를 받고 출동한 LA 경찰은 오히려 잡힌 폭력배들을 넘
기는…… 계약에 따라 5월 중순까지 머물러 있겠다 통보하는
용병을 보며 되레 좋아했다. 할 일이 줄어들었다고.

　물론 방탄헬멧, 방탄복 등 중무장한 용병들이 돌아다니는

걸 꺼리는 사람들도 있었다. 괜히 위화감을 조성하는 게 아니냐고.

하지만 그것도 며칠이 지나지 않아 껄렁거리는 놈들이 사라지며 오히려 거리가 깨끗해지는 걸 목격하고는 PMC 대원들을 반겼고 손수 대접까지 하였다.

그리고 4월 28일.

아침부터 거대 트레일러가 바삐 오가며 폐차 직전인 차량을 한인타운으로 들어오는 입구에 늘어놓는 용병들이었다.

갑자기 왜 저러나? 의문스러운 시선이 있었지만 다들 그러려니 하며 지나갔다. 저들은 우리 편이니까.

그러나 4월 29일이 되자 조금 달랐다.

가져온 차량으로 길에 바리케이드를 치고 2층, 3층 차곡차곡 쌓는 모습까지 보이자 참다못한 사람들이 나와 항의했다. 이러면 손님들이 어떻게 찾아오냐고.

LA 남부 흑인 사회가 주 고객층인 한인타운으로서는 절대로 좌시할 수 없는 일이라 경찰이 출동하고 난리가 났다.

PMC는 누가 뭐라든 계약대로 움직이는 거라며 꿈쩍도 안 했고 시간이 되자 쌓은 차량에 가솔린을 부었다.

점입가경이라 테러인가 싶어 놀란 LA 경찰이 총부리를 겨누어도 도리어 수십 개의 총부리로 경찰을 위협하며 꺼지지 않으면 벌집이 될 거라고 경고한다.

항의하던 상점 소유주들도 급히 달려와 오늘 하루만 참아

보라는 한인 사회의 요청에 돌아갔다.

오는 길목마다 5대 이상의 카메라를 돌리며 현장을 촬영하였다. 베버리힐스로 들어가는 길목에도 배치해 기록으로 남길 준비를 했다.

오후 3시가 넘어서며 본역사대로 법정에서는 무죄 판결이 났고 분격한 몇몇이 거리를 지나는 트럭을 잡아 짓밟는 장면이 생중계로 나갔다.

그것을 신호로 흑인 사회에 숨어 있던 인간 말종들이 고개를 쳐들었다.

우르르 몰려나온 시위대에 편승해 고래고래 고함치며 눈에 걸리는 상점마다 깨부수고 들어가 약탈하고 주인을 폭행했다. 총을 쏴 댔다.

시위대도 그걸 말리지 않았다. 도리어 편승해서 전자 제품을 들고튀었고 금고를 털었다. 수만 명의 행렬이 길을 따라 내려오며 똑같은 짓을 벌였다.

한인타운으로 들어오는 길목에 도달할 즈음 PMC는 차량의 탑에 불을 붙였다.

대형 스피커를 통해 경고했다.

이곳부터는 PMC가 지키고 있고 넘어오는 자는 공격으로 간주하고 발포하겠다고.

조금만 더 가면 온갖 비싼 물품으로 가득 쌓인 한인타운의 풍요가 기다리고 있건만 불타오르는 차량의 탑을 뚫고 들어

올 간 큰 자는 없었다. 옥상마다 중무장한 PMC가 총부리를 겨누고 있는 것도 확인했고.

할 수 없이 시위대는 방향을 돌렸고 분풀이라도 하듯 보는 벽이고 주택이고 다 박살 냈다.

거대한 행렬에 어느새 베버리힐스까지 위협당하자 LA 주 정부는 본역사보다 사흘이나 빠른 5월 1일에 주 정부군을 투입, 폭동은 막을 내렸다.

이 일로 어마어마한 논란이 일었다.

타깃이 된 건 의외로 한인 사회.

PMC까지 투입, 한인타운으로 오는 길목을 불길로 막은 일로 민족적 이기주의라며 엄청 때려 댔다.

LA 주 정부마저 나서서 한국인은 이기적이고 자기들만 안다는 개소리를 지껄이며 LA 폭동의 시선을 분산시키려 하였다.

가뿐하게 짓밟아 줬다.

폭도들이 몰려오는 순간부터 대치 상태, 불타오르는 차량과 PMC의 경고, 할 수 없이 방향을 트는 시위대와 그들이 지나간 자리, 같은 시각 LA 경찰력이 어디를 지키고 있었는지, 주 정부군의 투입 결정이 시위대에 어떤 영향을 끼쳤는지, 현재 깨끗한 한인타운과 비교하여 방송에 내보냈다.

피터 울슨 주지사를 대놓고 인종 차별주의자라고 깠다.

저놈은 돈 있는 자들의 주지사라고.

또 하필 공화당 소속이다.

LA 한인 사회의 선견지명으로 교민의 피해가 전무하다는 소식과 이번 일을 교훈으로 앞으로 한인 사회는 LA 주 정부를 의지하지 않고 자체적으로 자경단을 조직, 보다 안전한 환경 조성을 위해 모든 노력을 다하겠다는 소식이 함께 전해졌다.

모두가 안도의 가슴을 쓸어내릴 때.

바다 건너 일본에선 자위대 해외 파병 허용을 담은 '유엔 평화 유지 활동 등에 대한 협력에 관한 법률(PKO법)'을 참의 원 본회의에서 통과시켰다.

어떤 의도인지 뻔한 움직임이었으나 힘이 부족해 그저 지켜만 봐야 했다.

대신 우리 집은 평화로웠다.

드라마 '질투'에 꽂힌 할머니 두 분이 열광하시며 노래도 다 따라 부르시고 한적하게 흘러갔다.

이 정도면 선방인가 싶어 살짝 방심하려 할 때.

갑자기 김종필-오히라 메모가 공개되며 사회적 파문이 일었다.

1962년 11월 12일, 김종필 중앙정보부장과 오히라 일본 외상이 한일 청구권을 놓고 외교적 담판을 벌일 때 끄적인 두 장짜리 메모라.

이 메모에는 일본이 한국에 무상으로 3억 달러, 해외 경제 협력 기금으로 2억 달러, 수출입 은행 차관으로 1억 달러 이상을 줄 것을 양국 정상에게 건의하는 내용이 적혀 있었다.

이것이 청구권으로 받은 건지, 경제 협력 자금인지, 돈의 성격에 관해서는 일절 언급하지 않고.

한-일 두 나라가 자기 편의대로 해석해 국내 여론을 무마하는 명분으로 활용했던 것으로 보이는데.

결과적으로 본다면 일본에만 일방적으로 유리한 조건이었다. 우린 돈 몇 푼에 역사를 팔아먹은 게 된 것이고.

"이게 뭐야?! 이 개…… 이 정도면 제2의 을사조약이잖아!"

"너무 흥분하지 마세요."

역시나 평소에도 일본에 유감이 많은 이학주가 널뛰었다.

고래고래 소리 지르고 김종판을 죽이느니 살리느니 쩌렁쩌렁.

그 마음을 어찌 모르겠냐마는 이미 벌어진 일이고 쏟아진 물이었다.

"이게 흥분 안 하게 됐어?! 믿고 맡겼더니 나라를 팔아먹은 거잖아! 대통령은 이 쉐끼를 안 잡고 뭐 해?!"

"잡겠죠."

"잡아야지. 잡아서 죽여야지."

죽이라는 말이 나왔다.

그만큼 국민적 공분이 크다는 얘기였다.

하지만 냉정하게 바라봐야 할 문제였다.

비단 이 일이 김종판만의 문제일까?

그 위로 대통령이 있고 주변에도 여러 사람이 있었을 텐데…… 합의 도출까지 혼자만 생각하고 결론 낸 건 아니지 않겠나.

결국 그가 작성한 메모라서 그의 책임이 된 것이다.

이 일 한 방에 삼김시대를 이끌어 오며 정치 9단으로서 쌓아 온 입지가 날아가 버렸다.

중앙정보부장 시절 김종핀은 이 일이 이렇게까지 될 줄 몰랐을 것이다. 알았다면 중앙정보부장직을 내려놓는 한이 있더라도, 대통령과 척을 지는 한이 있더라도 그 자리엔 가지 않았을 테니.

나라가 발칵 뒤집혔다.

대학생을 필두로 시민까지 포함한 전국적인 성토가 일어났다.

김종핀을 놔뒀다간 국가 전복이 떠올려질 만큼 분위기가 좋지 않았다.

노태운은 결국 김종핀을 국가 반역죄란 명목으로 잡아들였다. 웃긴 건 김종핀을 잡은 장소가 공항이었다는 것. 가족이랑 미국으로 튀려다 잡혔다는 소식이 다시 대한민국을 때렸다.

한숨이 나왔다.

아마도 이것이 대한민국 정치의 현주소겠지.

그러나 진짜 문제는 그따위 것이 아니었다.

김종필-오히라 메모에 근거한 한·일 협정은 45년 이전 한·일 간의 협약, 개인에 대한 피해 보상, 독도 문제 등 기본 문제들을 명쾌하게 해결하지 못했고 그 문제를 2020년까지 끌고 가 한·일 관계 발전의 발목을 잡는다.

국가적인 대사를 투명하게 처리하지 않음으로써 벌어지는 광범위한 저항과 폐해를 왜 우리 사회가 짊어져야 하는 걸까. 이 얼마나 큰 소모이고 낭비일까.

"이미 벌어진 일은 어쩔 수 없더라도 교훈은 잊지 말아야죠."

"그렇지. 다시는 이런 일이 벌어지지 않게 해야지."

"그런데 무슨 수로 이런 일이 벌어지지 않게 하죠? 정치는 일반인이 근접할 수 없는 영역이잖아요."

"그건……."

"결국 방법은 하나뿐이에요."

"뭐지?"

"투명성 확보."

남북 정상 회담, 대북 송금 특검, 한·미 쇠고기 협상, 2008년 촛불 시위 등 사회를 움직인 문제가 가리키는 건 오로지 하나였다.

정책의 불투명성.

지들끼리 사바사바 해 먹다가 문제가 터지니까 후폭풍이 큰 것이다.

모두가 보는 앞에서 깨끗하게 결정하는 문화가 담보되지 않으면 이런 일은 계속될 테고 그것은 곧 국민의 짐이 될 것이다.

그래서 반드시 해결해야 했다.

TV 토론에 나온 정주연 왕회장도 본인이 이 시대를 살아온 역사이면서 기업의 독과점을 배제하고 전문성 제고를 위해 재벌 해체와 기업 전문화를 주장하는 것처럼.

정치도 변화를 시작해야 했다.

이 일은 결국 한국의 근현대사를 이끈 건 밀실 정치였다는 것을 극명하게 드러낸 사건이었고 앞으로 더 얼마나 터질지 모를 시한폭탄의 전초전이라는 걸 우리는 잊지 말아야 했다.

"넘을 허들이 많아요."

"허들이 많다고?"

"김영산도 있잖아요."

"김영산?"

"그 양반도 한 밀실 정치 하잖아요."

"아……."

"지켜보자고요. 어느 날 갑자기 뭘 한다고 떠들면 그게 어디에서 나온 것이겠어요? 밀실 정치는 국민이 몰라야 한다는 것에서 출발한다고요."

"……."

김영산도 오버하다가 IMF를 맞는다.

김종핀은 무인도행이 확정됐다. 이례적으로 그 가족까지 전부 무인도행으로 판결, TV로 생중계되는 가운데 배 타는 모습이 전국으로 송출됐다.

노태운은 성난 민심을 달래려 최선을 다했고 시간이 흐를수록 세상은 조용해져만 갔다. 학생들은 여전히 한·일 협정 관련자들을 전부 구속하라 외치지만 이미 죽어 버렸거나 구속된 사람이 태반이라 의미 없었다.

"……."

번외긴 한데.

어느 순간 TV에서 소주 광고가 싹 사라졌다.

알코올 성분 17도 이상 소주 및 양주의 광고 방송을 금지하는 새 방송 심의 규정을 시행하였다고 한다.

"이런다고 안 먹나?"

껄껄껄 웃어 줬다.

스케줄에 따라 여름 방학이 되자마자 난 미국행 비행기에 올랐고 워너브라더스의 협상 책임자였던 대니 할트만을 만났다.

"현재 영화 진행률은 85% 수준이고요. 미리 말씀하신 대로 테마별로 후보곡을 선별 분류해 놓았습니다. 물론 선별되지 않은 곡도 비치해 놓은 상태고요."

내 기억에 보디가드 OST는 13곡이 들어간다. 경쟁자로 지목된 앨런 실베스트리의 Theme from The Bodyguard를 빼다면 12곡이 되겠다.

나는 I Will Always Love You도 좋아했지만, I Have Nothing도 즐겨들었다. 케니 지와 애런 내빌이 합작한 Even If My Heart Would Break도 자주 들었다.

“알겠어요. 음악부터 확인할게요.”

“더 필요한 게 있으시면 불러 주십시오.”

날 위해 비치된 트레일러는 호텔 스위트룸을 그대로 옮겨 놓은 듯 아주 고급스러웠다.

편안히 누워 테마별로 선별된 곡을 감상했다.

선별은 어렵지 않았다.

아는 곡은 바로 끄집어냈고 남은 시간은 케니 지의 명품 색소폰 연주나 들으며 쉬었다.

꼬박 하루 트레일러에서 지낸 다음에야 안내에 따라 녹음 스튜디오로 이동, 휘트니 휴슨턴을 만나러 갔다.

원래의 곡에 휘트니 휴슨턴의 목소리를 입혀야 했으니.

“인사하십시오. 이분이 음악 감독을 맡으신 페이트입니다.”

“오오, 안녕하세요. 페이트. 휘트니 휴슨턴이에요.”

“안녕하세요. 페이트입니다.”

생각보다 늘씬한…… 그보다 훨씬 더 눈에 띄는 상냥한 눈빛의 소유자였다. 그리고 더 눈에 띄는 건 볼의 상처.

미간이 살짝 찌푸려졌다.

그것을 보기라도 했는지 대니 할트만이 휘트니 휴슨턴의 상태를 설명해 줬다.

“열흘 전에 결혼하셨는데 신혼여행지에서 그만 사고로 다치셨어요. 안타깝죠?”

“사고요? 사건이 아니고요?”

“예?”

그가 반문하든 말든 휘트니 휴스턴의 눈을 들여다봤다.

이 착한 여자는 본역사대로 그 남자와 결혼한 모양이다.

망가질 테고 비참하게 죽겠지.

전 세계 팬들이 경악한 일이라 잘 기억했다.

“……”

모른 척하고 음악 작업이나 해도 충분하겠지만.

물론 지금 나선다 한들 그녀를 바꿀 수 없다는 것도 안다.

그러나 너무 안타까웠다.

“……”

결국 참지 못하고 오지랖을 부렸다.

“징조네요. 결혼을 축하드리고 싶지만, 도저히 그럴 마음이 안 들어요.”

“……?”

“사과부터 할게요. 첫 만남부터 미안해요. 섣부른 결정을 하신 건 아닌지 의심이 드네요. 휘트니라고 불러도 되죠?”

“아…… 네.”

“이상하게 들릴 수도 있어요. 안 그래도 오늘 첫 만남인데 이런 말을 하는 게 너무 무례한 것도 알아요. 하지만 말을 안 할 수가 없네요. 눈에 어떤 일이 벌어질지 너무 선해요.”

“……”

“휘트니는 아주 나쁜 남자를 만났어요. 그 남자는 휘트니

가 성공할수록 질투와 자격지심에 휘트니의 자존감을 깎아
내리는 정신적·육체적 폭력을 가할 거예요.”

이제 겨우 신혼여행에서 돌아온 신부에게 할 말은 절대 아
니었지만.

꺼내고야 말았다.

“무슨 그런 말을⋯⋯.”

“언젠가 내 말이 기억나는 날이 올 거예요. 그때는 홀로 해
결하지 말고 주변에 도움을 요청하세요. 그런 건 결코 사랑이
아니에요.”

“페이트는 무례하군요!”

저 착한 눈이 나에게 화낸다.

밉다는 것.

씨벌, 내가 이래서 안 하려고 했는데.

하긴 내가 생각해도 무리긴 했다.

“무례해서 미안해요. 그러나 눈에 빤히 보이는 불행을 외
면할 수는 없어요. 당신을 아끼는 마음에서는 더더욱 말이
죠. 좋지 않은 약도 끊으시고요. 그렇지 않으면 목소리도 나
빠질 거예요.”

“뭐라고요?! 정말 상종 못 할 사람이군요. 더는 당신과 같
이 있고 싶지 않군요.”

휑 나가 버리는 휘트니 휴슨턴이었다.

영망.

대니 할트만이 이해할 수 없다는 표정으로 나를 나무랐다.

"아니, 갑자기 왜 이러십니까. 휘트니는 이번 영화에 아주 중요한 인물입니다. 혹시 주인공이 마음에 안 드시는 겁니까?"

"그건 아니에요."

"그렇다면 도저히 이해할 수 없는 행동이군요. 평화를 사랑하시는 줄 알았는데. 다 거짓이었습니까?"

갑자기 평화는 왜 나와?

얘도 나처럼 오버하네.

"대니."

"……."

"나도 무례이고 무리수를 둔 걸 알아요."

"무리수라뇨? 설마 휘트니에게 어떤 의도가 있으신 겁니까?"

"무슨 말씀을 그렇게 하세요. 오늘 처음 만난 거 아시잖아요."

"그러니까 문제라는 거 아닙니까."

이놈이 왜 이러지?

"대니, 진정하세요. 당신이 왜 흥분하죠? 나도 내가 뭘 한 건지 잘 알고 있다고요."

"알면서 한 게 더 나쁜 거 아닌가요?"

"할 수밖에 없었다니까요."

"나는 도저히 이해할 수 없군요. 어떻게 그런 말을 서슴없이 꺼낼 수 있는 건지."

"부디 자리를 지키세요. 선은 넘지 마시고."

"선은 누가 넘었는데요. 새 신부한테 어떻게 그런 말씀을 할 수 있습니까?! 모욕도 이런 모욕이 없네요."

"마구 나쁜 놈으로 몰아대시는데, 내 경고가 옳은지 아닌지는 두고 보면 알겠죠. 그때 지금의 무례를 어떻게 감당하시려고 이러세요?"

"보긴 뭘 봅니까. 안 봐도 뻔할 텐데. 이건 명백한 희롱입니다."

생각보다 너무 강한 적개심이었다.

작년 처음 만났을 때와는 전혀 다른 모습.

아무래도 이 문제만으로 이러는 게 아닌 것 같았다.

나에 대한 유감이 많았던가?

나와의 협상 건에서 스트레스를 받았나?

벼르고 있었던가?

아님, 본래 이런 사람이던가.

짜증 나네.

내가 잘못했다 하더라도 나와 휘트니 간의 문제인데.

나도 선을 그었다.

"자리를 지키라는 말을 헛들으셨나 보네요. 대니는 매니징 디렉터 아닌가요? 설사 분쟁이 있더라도 해결하는 자리잖아요."

"이 건은 그런 게 아니지 않습니까?! 일방적으로 폭행한 거나 마찬가지 아닌가요?"

말이 안 통하네.

"좋아요. 내 방식이 마음에 들지 않은 것 같은데 지금이라도 원한다면 음악 감독을 그만두죠. 됐나요? 아니, 워너브라더스에 정식으로 요청하죠. 이번 계약은 파기하자고."

◇ ◆ ◇

"잘 다녀왔어?"

"어, 응."

무언가 골몰히 생각하다 살포시 안는 손길에 휘트니 휴스턴은 크게 반응했다.

남편이었다.

"왜 이렇게 놀라? 오늘 페이트 만나고 온다고 하지 않았어? 어땠어? 정말 신비했어? 근데 왜 이렇게 빨리 왔어? 녹음도 한다고 하지 않았어?"

"……."

속사포처럼 묻는 남편을 보았다.

이 사람이 정말 그렇게 최악일까?

그렇지 않아도 남편의 행동에 놀라긴 했다.

신혼여행지.

과음하길래 말렸을 뿐인데 욕을 하며 손을 휘둘렀다. 맞지는 않았지만 가까이 있던 와인 잔이 부딪혀 깨졌고 파편이 얼굴에 박혔다.

의사의 말로는 운이 좋았다고 눈에라도 박혔으면 어쩔 뻔했냐고 했지만, 휘트니는 알았다. 남편이 때리려다 빗나간 걸.

사귈 때는 이런 모습을 보인 적 없었는데…… 남편도 놀라 계속 사과하고 잘못했다 하여 어쩌다 생긴 실수로 묻어 두었다.

하지만 페이트는 두 눈으로 본 것처럼 실수가 아니라 하였다. 나쁜 남자이고 잘못된 결혼이라 하였다. 파탄이 눈에 보인다 하였다.

그 말이 머릿속을 맴돌았다.

"달링?"

"어, 응?"

"페이트 어땠냐고 물었잖아. 정말 놀라울 정도야? 나는 별로 그렇게 안 보이던데. 조그만 동양 놈이 잘나면 얼마나 잘났겠어?"

비아냥…….

남편은 늘 이런 식이었다.

실력 있는 뮤지션을 비꼬는 건 일상, 자기가 더 잘할 수 있다며 늘 큰소리쳤다. 그때는 지지 않으려는 승부욕이라고 봤는데.

여러모로 페이트의 눈빛과 비교됐다.

페이트는 어디 한 곳도 비꼬거나 비웃거나 놀리는 기미가 없었다. 정중했고 진지했고 애처로워했고 불쌍해했다. 그런 건 사랑이 아니라고 하였다.

페이트는 그리고 동양의 작은 소년이 아니었다.

성인이라도 해도 과언이 아닐 정도로 체격이 컸고 풍기는 카리스마도 강렬했다. 얼굴만 아직 어릴 뿐 확고하면서도 견고한 정신이 느껴졌다.

그래서 휘트니는 더 이해가 안 갔다.

'처음 만났는데…… 어떻게 다 아는 것처럼 굴지? 내 볼의 상처를 보고 징조라고 했어. 남편이 정신적·육체적 폭력을 가할 거라고.'

부정하고 싶었지만, 그녀는 이미 알고 있었다.

아니라 선을 그어도 있는 일이 없는 게 되는 게 아니란 걸.

그랬다.

사귀는 3년간 징조는 많이 봤다. 그를 사랑하기에 애써 모른 척해 왔을 뿐.

"달링이 오늘 이상하네. 내가 묻는데도 대답을 안 하고. 무슨 일 있었어? 혹시 페이트한테 한 소리 들은 거야? 노래 가지고?"

"……."

"한 소리 들은 거네. 그러네. 내 이 자식을 진짜!"

벌떡 일어난다.

당장에라도 달려가 주먹을 휘두를 듯 흥분하였다.

맞다.

남편은 금세 활활 끓어오른다. 이걸 남자답다고 생각했다.

"아니야. 그 사람은 노래로는 내게 한마디도 안 했어."

"어, 그래?"

'노래로는'이라는 단서를 달았음에도 전혀 눈치 못 챈다.

금방 식어 버리고.

노래 부르기 전에 나왔으니 거짓말은 아니라지만 그것보다… 지금도 자기 와이프의 눈을 옳게 바라보지 않는다.

"어제 왔잖아. 간단히 인사만 하고 나왔어. 내일 다시 만나기로 하고."

"아아, 그렇구나. 나갈까?"

"으응? 어딜?"

"칼브로스에 가자."

"칼브로스? 거긴 클럽이잖아."

"가서 화끈하게 놀자고."

손잡고 나가려 하였다.

황당하였다.

"자기, 나 내일 녹음인 거 몰라?"

"녹음? 그게 왜? 그냥 가서 부르면 되잖아."

"……."

"달링 실력이면 한 방에 끝날 걸 뭘 걱정해. 실컷 놀다 가도 돼."

또 끈다.

"하지 마. 나 오늘 거기 갈 기분 아니야."

"그런 게 어딨어? 어서 일어나. 가자. 오랜만에 제대로 놀
아야지."

"난 가기 싫다고."

"우리 달링이 오늘따라 왜 이러지? 내가 하자면 다 하더니
까칠하네."

"오늘은 피곤해. 쉬고 싶어."

휘트니가 소파에 기댔다.

안 그래도 피곤하고 머리가 복잡하여 놀 기분이 아니었다.

이러면 같이 있어 줄 줄 알았건만.

남편의 마음은 역시 이곳에 없었다.

"그래? 할 수 없지. 그럼 나 혼자 간다?"

"……가."

◇ ◆ ◇

짐 싸고 있는데 앨버트 루이라는 사람이 찾아왔다.

이번 영화의 제작 총괄이라고.

"어제 마중 나왔어야 했는데 미안합니다. 선약이 있어서
이렇게 늦었습니다."

"아, 예."

"저랑 얘기 좀 할 수 있을까요?"

"얘기요?"

“자초지종은 다 들었습니다.”

계약 취소를 언급했으니 누군가가 달려올 줄은 알았다.

그나저나 자초지종이라니.

“누구로부터 들으셨는데요?”

“대니입니다.”

“좋은 얘기는 못 들으셨겠네요.”

“그렇습니다.”

“그런데도 저와 얘기하시겠다고요?”

“대니가 비록 신뢰하는 부하 직원이긴 하나 페이트란 이름에는 한참이나 부족하지요. 설사 대니 말이 전부 옳다 해도 저는 당신을 잡아야 할 입장입니다.”

솔직한 사람이었다.

처음 만날 때부터 편견 없는 눈빛이더니 여전히 정중하였다. 무슨 일이 있었는지 알아보러 온 것이 틀림없는 모양.

“제가 휘트니에게 무례를 범한 건 맞아요. 신혼여행 다녀온 지 며칠 되지 않은 새 신부에게 그 결혼이 잘못됐다 말했으니까요.”

“으음, 정말이군요.”

“그 일로 휘트니는 화나서 돌아갔고요. 대니는 절 공격했죠.”

“공격했다고요?”

“그 얘기는 못 들으셨나 보네요.”

“……예.”

"어느 정도는 받아 줄 생각이 있었어요. 무례한 건 사실이었으니까. 그런데 선을 넘더라고요. 마치 처음부터 제게 유감이 있었다는 듯이요. 저랑 일하기 싫다는 뜻이 분명하여 저도 인정했죠. 빌미는 제가 제공했으니 그만두겠다고요. 이게 전부예요."

이게 팩트.

"왜…… 그러셨냐고 물으면 대답해 주실 건가요?"

"휘트니에게요?"

"예."

"사실이니까요. 휘트니는 만나선 안 될 사람을 만났고 얼마 안 가 망가질 거예요. 그 남자는 휘트니를 망칠 거고 인류가 아껴야 할 보석 같은 재능도 그렇게 스러지겠죠. 빨리 헤어지는 게 그녀의 삶에 이로워요."

"오늘 처음 휘트니를 만나신 거 아닙니까? 그녀의 남편은 본 적도 없는 것 같던데요."

"어떻게 아냐고 묻는다면 그냥 보인다고밖에 드릴 말씀이 없어요. 이 영화가 대박 날 것처럼요."

"우리 영화가 성공한다고요?"

이건 반긴다.

"예, 그래서 제가 한다고 했겠죠."

"허어……."

잠시 생각을 가다듬는 앨버트 제작 총괄이었다.

그가 다시 고개를 들었을 땐 어떤 열망이 눈에 들어차 있었다.

"정말 우리 영화가 성공할 것으로 보이십니까?"

"제가 여기 있잖아요."

"이런, 제가 멍청한 질문을 했군요."

"절 모르는 사람은 그럴 수도 있겠죠. 어린 제 주위로 하나같이 수재나 천재라 불리는 사람들이 북적이는 이유는 하나예요. 제가 여태 그들을 실망시키지 않았기 때문이죠."

"그렇군요. 혹시 이도 그 민들레……."

"더는 말씀하지 마세요. 이제 찾아오신 목적을 꺼낼 때잖아요."

"아……. 그렇군요. 맞습니다. 붙잡으러 왔습니다. 페이트 님과 계약 후 만반의 준비를 마친 상태인데 이렇게 가신다면 우리 영화는 나오기도 전에 어그러질 겁니다."

"주인공을 건드렸는데도 저를 붙잡을 작정이세요?"

"휘트니와는 미리 통화하고 왔습니다. 그녀도 더는 언급하지 않는다면 이 일을 문제 삼지 않을 거라 했습니다."

"역시 상냥하신 분이시네요."

"그렇죠. 휘트니는 평판이 아주 좋습니다. 아, 하나 더 대니에 대해 아셔야 할 게 있는데요. 대니는 골수 공화당 지지자입니다."

"아……."

바로 이해되었다. 대니 할트만이 나를 유난히 적대시한 이유.

'그렇구나.'

　작년 만났을 때는 공화당에 의해 미국 명예시민이 되었고 공화당에 우호적이라 친절했던 것.

　이후 내 행보 하나하나가 공화당을 저격했고 공화당은 지지율이 추락, 자중지란을 겪고 있다.

　그런 꼴에 휘트니란 빌미를 주었으니 본색을 드러낸 것이리라.

　"대니를 멀리 보내겠습니다. 이번 일에는 일절 관여하지 못하게 말이죠. 그리고 오늘부터는 제가 직접 컨트롤할 생각입니다. 그러니 부디 우리 영화의 성공에 일익을 담당해 주십시오."

　"흐음, 저는 한번 마음을 정하면 잘 바꾸지 않는 성미인데."

　"아시지 않습니까? 페이트 님이 마음먹고 방해하시면 우리 영화는 스크린에 걸리지 못할 겁니다. 대니는 자기 직분을 망각하고 개인을 먼저 내세운 거고요. 중재하고 화해시켜도 모자랄 판에 말이죠. 매니징 디렉터로서 최악의 선택을 한 겁니다."

　"경력에 흠집이 가겠군요."

　"다만 입을 막을 방법은 저희에게도 없습니다."

　휘트니와 있었던 일을 말하는 거다.

　앙심을 품고 떠들기 시작하면 피곤해질 거라는 것.

　이도 어쩌면 오지랖의 후유증일지도 모르겠다.

　결국 내가 감수해야 할 짐.

　"안됐군요. 한창일 텐데."

"마음을 돌려 주시겠습니까?"

"괜찮겠어요? 불화설은 언론에서도 아주 좋아할 먹잇감일 텐데."

"후일담을 말씀드린 겁니다. 이 상황에서 입을 연다면 대니는 아마도 이쪽 일을 하기 힘들게 될 겁니다. 엄청난 손해배상 소송이 걸릴 테고요. 대니도 그걸 잘 알고 있죠."

영화 제작과 상영 중일 때는 입을 다물어야 한다는 것.

조건이 마음에 들었다.

꽁하고 얼어붙은 마음도 앨버트 제작 총괄이 오며 많이 풀어졌다.

"휘트니만 괜찮다면 전 괜찮아요. 어차피 이 일은 그녀를 아끼는 마음에 시작됐으니까요."

"흐음, 그렇군요. 아 참, 미리 드리는 말씀인데, 전 페이트 님의 말을 믿고 싶습니다. 잘 있던 배우가 신혼여행지에서 얼굴에 상처를 입고 왔어요. 저는 부랴부랴 복원 수술 일정을 잡아야 했습니다. 사고였다고 말한다지만 과격한 행동이 없었다면 그런 일은 결코 일어날 수 없었겠죠."

나에게 잘 보이기 위한 말인지 진심인지는 구분 가지 않았지만, 위로는 확실히 됐다.

다시 느끼지만.

이 사람은 대화술도 상당하다.

"하루빨리 헤어지는 게 그녀의 일생에 도움이 될 거예요."

"부디 좋은 쪽으로 갔으면 좋겠습니다."

다시 짐을 풀었다.

다음 날 돌아온 휘트니는 무표정으로 일관했고 그래서 녹음실을 적막에 휩싸이게 했지만 나는 알았다. 그녀가 흔들리고 있다는 걸.

소득이라면 이것도 소득인가?

나도 확신이 있었다.

내가 끼어들어 망조가 낀 인간들도 있다지만 김현신과 수와 준을 보라. 이미 죽었거나 가수 생명이 끝났어야 할 인물들이 신나게 공연 다니지 않고 있나. 행복하게.

휘트니도 그랬으면 좋겠다는 마음뿐이었다. 건강하게 자신에게 돌아올 영광을 온전히 누리며.

"시작할게요."

휘트니가 마이크 앞에 섰다.

단지 입만 뗐을 뿐인데 첫 소절부터 분위기가 잡힌다.

'오호호, 끝내주네. 이게 바로 스타급 디바인가?'

대단했다.

훗날 세계 보컬 평가 사이트인 Critic of Music에서도 단 여섯 명밖에 없는 STAR 등급을 받은 실력자답게 캐논포가 연상될 만큼 강렬한 파워를 뿜어냈다.

원통형 에어 붐이 눈앞에서 터진 것 같은 환상감.

정신을 차릴 수 없을 정도였다.

어째서 그 이름이 언급될 때마다 세계 음악계가 하나같이 엄지를 치켜들었는지. 가창력이 뛰어난 가수가 나올 때마다 늘 비교 대상이 되었는지 그 이유를 알 것 같았다.

감격이었다.

감동이 커질수록 이런 재능을 망가뜨린 개자식에 대한 분노가 커졌다.

하지만 오늘은 그녀의 최선을 뽑아내는 날.

집중해야 했다.

"I Have Nothing은 현재 진행형이지만 마치 과거를 연상하듯 부르는 게 좋아요. 먼 훗날 현재의 모습을 돌아보듯 말이죠. 휘트니 실력이라면 지금으로도 충분하지만 노스탤지어를 자극한다면 훨씬 풍성해질 거예요."

"향수를 느끼듯요?"

잘 모르겠다는 듯 고개를 갸웃.

"조금 더 연약하게요. 지금 여주인공은 아무것도 없잖아요. 아무것도 없는 여자예요. 오직 당신만 바라보는 가녀린 여성. 그 여성이 마치 회상하듯 자신의 사랑을 노래해요. 과연 어떤 느낌이 들까요? 파워풀할까요? 잔잔하지만 지지 않겠다는 굳센 마음이 들까요?"

"아⋯⋯. 음, 나는 잘 모르겠어요."

"추억을 떠올려 보세요. 좋았던 일만 생각하는 거예요. 사랑하는 사람과 같이 손잡고 해변을 거닐었던 순간, 촛불 아래 서로의 눈을 보며 시간이 멈추길 빌었던 순간, 가정을 이루어 서로를 안고 있는 순간, 그 순간을 얘기하는 거예요. 비록 이렇게 당신의 사랑을 갈구하지만, 결코 구속하지 않겠다면서요. 그 선택이 어찌 됐든 늘 사랑으로 당신을 바라볼 거라고요."

"……."

대답은 하지 않았지만 무언가 떠올린 듯 휘트니의 눈이 슬퍼졌다.

바로 녹음이 진행했고.

휘트니는 원래 버전과는 또 다른 I Have Nothing를 불러냈다. 나로 인해 동양의 정서가 물씬 함유된 그녀만의 I Have Nothing이.

만족스러웠다.

더 만족스러운 건 지금쯤 정홍식이 I Have Nothing의 작곡가인 David Foster를 만나 리메이크 판권을 사고 있다는 점이다.

나중에 소양이 자라면 이 곡을 줘야지.

무관의 제왕인 그녀.

이렇다 할 히트곡 하나 없이도 대한민국 국보급이라 찬양받는 그녀의 실력이라면…… Critic of Music마저도 마이클 잭슨, 머라이어 캘리, 비욘센 등과 함께 이견 없이 STAR 등급을 준 그녀라면 나와 할 게 참 많았다. 셀린 디온도 A- 등급인데.

휘트니를 앞에 두고 소양을 생각하는 내가 참 우스웠지만, 머리가 그렇게 흘러가는 걸 어쩌랴.

"고생했어요. 훌륭해요. 나머지는 나에게 맡기고 돌아가서
도 돼요."

"정말요?"

깜짝 놀란, 어제의 갈등은 전부 잊은 듯한 표정이 나왔다.

황당하게 보면서도 힐끗 벽에 걸린 시계를 보는 게 겨우 2
시간 만에 여섯 곡을 해치운 게 믿기지 않는 것 같았다. 어쩌
면 일을 대충 한 건 아닌지 슬슬 의심이 들려고도 하고.

고개를 절레절레 흔들었다.

"나는 원래 오래 끌지 않아요. 될 만한 사람과 될 만한 음악
을 만들기 때문이죠. 페이트 앨범 10곡도 거의 3시간이면 끝
나요."

"예?! 그렇게나 짧게요? 부르는 사람이 다 다른데요?"

놀랄 일이었나?

놀랄 일이긴 했다.

앨범 하나 만드는 데 두 달씩 걸리는 경우도 있으니까.

"휘트니는 처음부터 내가 봐준 사람이 아니라서 더 세세하
게 본 것뿐이에요. 필요한 건 다 찾았어요. 나중에 라이브할
때 지금의 느낌만 잊지 않으면 돼요. CD랑 라이브가 다르면
팬들이 실망하잖아요."

"그 말이 정말이에요?"

"휘트니는 내 말을 잘 믿지 못하시는 편이네요."

"아, 아니요. 알겠어요. 계속 연습할게요."

"조심히 들어가세요. 나머지 여섯 곡도 이제 시작해야 하니까요."

다음 차례가 녹음 부스에 들어가고 내가 헤드폰을 착용했음에도 그녀는 돌아가지 않았다.

녹음을 끝까지 지켜봤고 내 몇 마디에 전혀 달라지는 퀄리티와 견고함, 풍성함을 보며 놀라워했다. 자기도 저랬냐고? 스텝이 피식 웃으며 고개를 끄덕이자 얼이 나간 듯 한참이고 지켜봤다고 한다.

아직 편곡도 들어가지 않았는데.

이렇게 단 하루 만에 모든 녹음이 끝나자 앨버트 제작 총괄이 또 찾아왔다.

"얘기 들었습니다. 굉장하셨다고요?"

"아니에요."

"지켜보던 스텝들이 다들 혀를 내둘렀다고 하더군요. 어쩌면 그렇게 면도날처럼 콕콕 집어 주시는지. 그럴 때마다 한 꺼풀 벗은 것처럼 아티스트들이 성장했다 들었습니다. 역시 페이트 님이십니다."

"최선을 다할 뿐이에요. 영화에 누가 되지 않게."

"이거 일 얘기를 안 할 수가 없군요. 나머지 일정은 어떻게 잡으면 될까요? 계획보다 너무 빨리 끝나서요."

"영화 1차 편집본을 주세요. 하루나 이틀? 바로 편집해서 올려 드릴게요."

“그……렇습니까? 하루 이틀 만에요?”

“오래 끈다고 좋은 게 나오는 건 아니니까요. 현재에 최선을 다해야죠.”

“알겠습니다. 남은 건 저희의 문제로군요.”

“연락해 주세요. 8월 중에는 미국을 떠나지 않을 테니. 요 며칠은 디즈니 쪽에 있을 것 같고요.”

“감사합니다. 제작 쪽에 연락해서 반드시 8월 중에 1차를 마치도록 하겠습니다.”

보통 영화에 사용되는 음악들은 사운드 작업실에서만 듣고 결정하는 것으로 오해하기가 쉬운데 최종 편집된 영상이라도 영화 음악이 입혀지면 감정의 흐름과 스토리의 호흡감이 달라질 수 있어 굉장히 세심하게 접근해야 옳았다. 잘못했다간 영상을 재편집해야 하는 경우도 생길 수가 있으니.

그래서 감독과 음악 감독은 편집 단계에서 미리 음악의 위치나 길이, 수정 여부 등을 논의하는 것이 관례였다.

하지만 난 보디가드 하나만 작업하는 사람이 아니다. 또 이미 완성본까지 본 사람이다.

원작대로만 해 주면 될 일이라 굳이 감독의 스케줄까지 신경 쓸 필요가 없었다.

“우리 식구 챙기는 게 더 중요하지.”

수와 준, 인순희가 LA로 날아왔다.

영화 보디가드의 OST는 제작사 사정상 어쩔 수 없이 빼앗

졌지만, 알라딘만큼은 남 줄 수 없어 원안을 고수했다.

하루를 호텔에서 휴식을 취하자 수와 준, 인순희가 도착했고 같이 디즈니로 갔다.

우리를 맞이한 사람은 저번에 안면을 튼 앤드류 밀리타인 총지배인이었다.

"어서 오십시오."

"이 일도 맡아 보세요?"

제작 총괄이나 매니징 디렉터가 나올 거라 예상했던 것과는 달라 놀라움에 반문하고 말았건만 앤드류 총지배인은 오히려 다가와 귓속말을 전했다.

"워너의 매니저가 경질되고 앨버트가 전면으로 나선 걸 알고 있습니다."

"그걸 어떻게……."

"이 바닥이 생각보다 좁습니다."

"음……."

"저희도 준비에 만전을 기하고자 하는 것이니 좋은 쪽으로 봐주십시오. 멋진 여성이 오지 않고 늙은이가 왔다고 너무 타박하지 마시고요."

"무슨 말씀이세요. 아는 사람이 와 줘서 더 편해진 거죠."

"그러십니까? 하하하하하."

시작은 나쁘지 않았다.

앤드류 총지배인은 워너브라더스에서 있었던 일을 아는

것처럼 세심히 다가왔고 직접 브리핑도 해 줬다.

그와의 미팅 후에야 트레일러로 이동, 그곳에 앉아 보디가드의 두 배수로 컨택한 200곡에 대한 감상을 시작했다. 똑같은 식으로 하루 만에 20곡을 뽑아냈는데 본래는 21곡이었으나 1곡은 A Whole New World(Aladdin's Theme)라서 중복이다.

단 하루 만에 20곡을 들고 나오자 디즈니의 모든 스태프가 깜짝 놀랐고 앤드류 총지배인은 고개를 절레 흔들며 손들었다.

"워너에서 있었던 일을 믿지 않으려 했는데 도저히 그러지 않을 수가 없군요. 상상도 못 한 작업 속도입니다."

"별말씀을요. 가수와 연주자들 섭외는 다 됐나요?"

"내일 모일 겁니다."

"그럼 내일 작업하면 되겠네요."

"1차 편집본도 원하십니까?"

"정말 이 바닥이 좁나 보네요."

"페이트 님처럼만 해 주시면 세상 바랄 게 없겠습니다. 하하하하하."

남은 시간 수와 준, 인순희를 데려다 A Whole New World(Aladdin's Theme)를 설명했다.

"이 곡은 조금 다르게 설정을 넣을 거예요. 수와 준 형들이 같이 목소리를 내는 식으로요. 한목소리처럼 들리나 두 목소리인 것 처럼 느껴지게 할 수 있어요?"

"이게 맞는지 모르겠지만 한번 들어 보시겠습니까? 공연할 때 우리끼리 부르긴 했는데 호응이 좋더라고요."

"그래요?"

당장에 기타를 풀더니 부른다.

호흡이 척척.

남녀 파트도 알아서.

한두 번 불러 본 솜씨가 아니었다.

느낌도 좋다.

처음엔 수와 준, 인순희 트리오로 갈까 했는데 이 정도라면 굳이 수와 준의 느낌을 깰 필요 없어 보였다.

디자인을 다시 짰다.

"좋은데요? 이걸 살리는 게 더 좋겠어요. 알라딘이 자기 혼자 부르는 거로요. 원곡은 알라딘이 자스민에게 알려 주는 형식이지만 이번 곡은 알라딘 개인의 곡으로 가죠. 한 사람이 여러 마음을 가질 수도 있는 거잖아요."

"그죠."

"맞습니다."

"가사를 바꾸죠. 완전히 새로운 세상이 마냥 즐거울 수만은 없는 거니까. 맞이하기 전 두려움을 담아 보죠."

쑥덕쑥덕 대충 15분 만에 적어 부르게 해 줬다.

확실히 잘했다.

살짝 모자란 감은 인순희를 코러스로 투입시키자 바로 완숙으로 갔다.

이렇게 21번째 곡 완성.

다음 날 녹음실에 도착했더니 수십 명의 인원이 기다리고 있었다.

대다수가 연주자로 상기된 표정으로 우릴 주시하는데.

개중엔 '죽은 시인의 사회', '후크'로 유명한 로빈 윌리암스도 있었다. 지니 역이란다.

이 사람도 은근 노래를 잘했다. 지니처럼.

녹음은 오히려 보디가드보다 쉬웠다.

가수들 한 명 한 명이 따로 프로듀싱하지 않아도 될 만큼 알라딘의 느낌을 잘 살렸고 목소리도 또한 아름다웠다.

나머진 연주곡뿐.

연주곡은 시간이 조금 더 필요했다. 연주자들이 곡을 익힐 물리적인 시간 말이다.

그렇게 한 일주일?

단 열흘 만에 전부 마무리되자 뜨거운 박수가 쏟아졌다.

앤드류 총지배인도 이런 건 처음 봤는지 흥분하는 모습을 보였다.

"Wonderful! 이제 우리도 1차 편집본을 보여 드리면 되겠습니까?"

"그럼요."

"그렇다면 바로 보실 수 있습니다."

"정말요?"

"우리가 워너보다 작업 속도가 빠릅니다."

"바로 하죠."

앤드류 총지배인은 음향 편집자로 마크 맨지니와 음향 믹싱 엔지니어로 테리 포터란 사람을 소개해 주었다.

알라딘의 1차 편집본이 재생되는 가운데 영상과 대사만 있는 밋밋한 음식에 조금씩 소금과 후추로 간을 했다.

다른 사람이 하듯 후보곡 몇 곡을 두고 비교해 보지도 않고 바로 적재적소, 필요한 부분만 딱딱 끊어 배치하는 내 속도에 마크 맨지니와 테리 포터는 입을 벌렸고 동시에 너무나 잘 어울린다는 걸 깨달았는지 나중엔 의아한 눈빛도 띠지 않고 시키면 시키는 대로 움직였다.

틀림없으니까.

"자, 이 부분은 이렇게 살리죠. 원안보다 조금 더 희망차게 그려 볼게요."

발단 - 전개 - 위기 - 절정 - 결말의 순서에 어긋남이 없는데 누가 뭐랄까.

그렇게 엔딩을 찍었을 땐 Oh my god!이 절로 터져 나왔다.

"고생하셨어요. 나머진 마크와 테리의 일이네요."

OST가 작품의 큰 흐름을 좌우하지만, 음향의 중요성도 이에 못지않았다.

사운드 디자인에는 크게 세 가지가 있었다.

대사와 음악, 효과.

대사와 음악이 조리 과정이었다면 효과는 완벽하게 조리된 음식에 예술성을 더하는 플레이팅 작업이었다.

요리를 더욱 맛있게 포장하는 것.

예를 들어,

현장의 공간음 같은…… 파도와 갈매기 등이 섞인 바닷가 소리를 넣는다든가. 발걸음 소리나 무엇이 부서지는 소리를 넣는다든가. 늑대인간 같은 가상의 소리를 넣는다든가 하여 극의 현실감과 긴장감을 높여 몰입도를 가중시키는 것이다.

곡 작업과 매칭하면 편곡이 이에 해당했다.

편곡을 어떤 방향으로 하느냐에 따라 곡의 색채가 댄스가 될 수 있고 발라드가 될 수 있듯 후반 음향 작업은 그렇기에 비중이 아주 컸다.

"들었어요?"

"뭘요?"

"마라톤에서 금메달을 땄대요."

"그래요?!"

"1936년 베를린 올림픽의 손기정 이후 56년 만에 마라톤 금메달이래요. 대한민국 국적을 내걸고 받은 사상 첫 마라톤 금메달이자 올림픽 육상에서 대한민국 소속으로 딴 유일한 금메달이래요. 뉴스에서 난리예요."

햄버거 먹고 있는데 나랑 같이 LA에 체류 중이던 인순희가 흥분해서 달려왔다.

바르셀로나 올림픽이었다.

그것이 끝난 모양.

"대단하네요."

"저도 깜짝 놀랐어요. 뉴스가 잘못 나왔나 다시 쳐다볼 만큼요."

"경사군요."

"큰 경사죠."

너무 좋아한다.

인순희가 좋아하니 나도 덩달아 기뻤다.

"경사 난 김에 파티나 할까요?"

"파티요?"

먹던 햄버거를 던지고 근사한 레스토랑으로 갔다.

기세 좋게 1인당 500달러짜리 코스 요리에 2,000달러짜리 와인을 까 나만 빼고 다 마셨다.

거하게 식사하고 기분 좋은 얼굴로 호텔로 돌아왔건만, 우린 또 그 자리에서 라면을 끓였다.

"이상하죠?"

"좀…… 그렇긴 합니다."

"어쩔 수 없나 봐요. 이걸 먹어 줘야 마무리되는 기분이에요."

회귀 전 술버릇이 지금에도 적용되는지.

1차부터 5차까지 무슨 먹거리를 거쳐도 마지막 6차에는 꼭

해장국을 한 그릇 하고 들어갔다. 해장국이 없다면 라면이라도 먹었다.

실컷 비싸고 좋은 요리 먹어 놓고 라면을 찾는 게 어떻게 포장해도 바보 같았지만, 방법이 없었다. 마무리를 안 하면 속이 불편하니까.

수와 준도, 인순희도 군말 없이 맛있게 먹는 거로 보아 나만 그런 건 아닌 듯.

이틀이 지나지 않아 워너브라더스에서 연락이 왔다.

1차 편집본이 완성됐다고.

얼른 가서 음향 감독이랑 믹싱 엔지니어랑 같이 하루 만에 끝내고 돌아왔다.

"왜 이렇게 놀라. 민망하게."

나로선 홍시 맛이 나서 홍시 맛이 난다 한 거고 봐서 본 대로 넣는 것뿐인데 난리였다.

미쳤다고. 몬스터라고.

영화적 미세한 부분까지 캐치해 메모해 주자 원더풀이 나왔고 단지 이것만도 완성도가 98%까지 올라갔다는 평을 들었다.

즉 더는 할 일이 없다는 것.

나머진 믹싱의 영역.

햄버거도 질리던 판에 작별을 알리고 한국으로 슝 날아왔다.

닷새 정도 쉬자 개학 날이 밝았다.

모처럼 친구들 만난 김에 맥도널드에서 출시된 '불고기 버거'를 쏴 줬다. 나는 햄버거가 질렸는데 애들은 아니니까. 이도 원래는 00리아에서 먼저 출시했는데 모 회사가 공중분해됐으니 쩝.

"맛있냐?"

"겁나 맛있어."

"부족하지 않아?"

"부족하지."

"20개 더 시킬까?"

한태국 혼자서만 앉은 자리에서 10개를 먹는다. 두세 놈 더 붙으면 20개는 금방이다.

"나야…… 기쁘지."

"나도 콜."

"콜라는?"

"세트로 다 시켜라."

"대운이 짱."

"그래, 네가 짱이다."

"원래 돈 있는 놈이 짱이야. 한태국 짜져."

나 없는 동안 한국에서도 많은 일이 있었다.

김영산-정주연 회담이 합의 없이 종결되고 제2 이동통신 최종 사업자가 원역사와는 달리 신세기통신으로 선정되었다는 것.

가요계는 이현운의 '꿈'과 유승번의 '질투'가 각축전을 벌였고 그 뒤는 이덕신의 '내가 아는 한가지'가 바짝 쫓았다. 태진 보이스가 없는 산에서 고만고만한 여우만 날뛰는 꼴이라 별로 눈이 가지 않았다.

그보다 김건몬 1집이 마무리 시점이었다.

타이틀로 정한 '잠 못 드는 밤 비는 내리고'는 랩 댄스 장르로 멜로디는 1990년 박광헌이 발표한 '잠도 오지 않는 밤에'를 통째로 따와 삽입, 믹싱한 곡이다.

후속 타이틀로 예정된 '첫인상'은 김창한이 없는 관계로 김형선의 멜로디에 내가 가사만 적어 줬다.

고무할 점은 교통사고 후유증에서 돌아온 김헌철이 드디어 2집 앨범을 냈다는 것인데.

대중적으로 히트하지 못할 앨범인 건 알지만, 그가 돌아왔다는 데 오필승도 의의를 뒀다.

윤산도 가사가 일품인 '가려진 시간 사이로'를 타이틀로 활동 중이고 푸른하늘도 5집 타이틀 '자아도취'를 마지막 작업 중이었다. 015V도 '아주 오래된 연인들'을 발표하고 활동 시작.

내가 없는 동안에도 오필승은 김연을 필두로 잘만 돌아갔다.

〈11권 끝〉